AKIRA & ISATO

AKIRA & ISATO
おっさんがびじょ。
MARU YAMADA 山田まる
ILL. KAORI FUJITA 藤田香

AKIRA & ISATO 1
CONTENTS

一章　召喚の日

その日は、俺、遠野秋良《とおのあきら》にとって特別な日になった。

ほぼサービス開始当初からプレイしていたＭＭＯ、レトロ・ファンタジア・クロニクル——略称ＲＦＣ——の最新かつ最深マップ踏破へと手をかけたのだ。

今この瞬間、ＲＦＣの攻略最先端に自分がいるのかと思うと、マウスを握る手にも力が入るというものだ。

世にはＶＲＭＭＯなどという仮想現実にダイブしてプレイするタイプのＭＭＯを題材にしたファンタジー小説が多くあるが、今のところその技術はまだ実現していない。

視界だけ、ならばある程度実現できているゲームも一部あるようなのだが、五感や、脳の神経系統への命令をアバターに反映させて動かすレベルとなると、まだまだその技術は実用されるには至っていない。

なので俺が今プレイしているＲＦＣも、至って普通のネットゲームだ。

ＰＣの前に座って、画面を見ながらキーボードやマウスを使ってキャラクターを操作する。

そして……、今その画面には洞窟内の少し開けた空間にて、二人の男性キャラクターがモンスターと戦う様子が表示されていた。

一人はロングソードをふるういかにも騎士といった態《てい》のキャラクター。

こちらが俺のキャラである。

見た目通りの前衛型の騎士だ。

そしてそんな俺のキャラより一歩ほど後ろで、獣を指揮して戦うダークエルフの男性キャラの名は、イサト。

通称おっさん、である。

見た目はたいそう美麗なダークエルフの青年ながら、発言が老成しきったおっさんめいているため、ついたあだ名がそれだ。

本人もそれを否定しないので、そのまま定着してしまった。

イサト：あ、やばい。しぬ。

ぴこん、とログに新たな発言が追加された。

「ちょ、ま……っ!?」

確認すると同時に思わず呻《うめ》く。

ちらりと画面の左隅に表示されるパーティーメンバー欄でおっさんのＨＰを見たところ、それはすでに鮮やかなスカーレット。

残りＨＰがかなりまずいところまで減少している証拠だ。

この辺りのモンスターを相手にした場合、後一発でもくらったらおっさんは死ぬ。

アキ：おっさん回復薬は!?
イサト：使いきっちゃったてへぺろ。
アキ：おっさんんんん……！！！！！

おっさんにてへぺろされたところで可愛げのかけらもない。

特に前人未到のダンジョンの最深部、もしかしたらクリア寸前かもしれない、といったところならばなおさらだ。むしろ殺意がわく。

ちなみに言うまでもないが、「アキ」というのはＲＦＣにおける俺のキャラの名前だ。秋良だからアキ。安直なネーミングだとは言わないでくれ。俺が一番よくわかっている。

イサト：アキ青年、回復薬余ってないか。
アキ：渡すからまずは死なないように頑張れ……!!

お前はマンボウか、とツッコミたくなるほどに死にやすいおっさんだが、その攻撃力は異常に高い。このあたりに湧くモンスターは、前衛職である俺ですら一撃必殺出来ないＨＰと耐久値を誇るというのに、それをおっさんの使役する獣はやすやすと一撃で引き裂いてしまう。
なので、ここでおっさんに死なれてしまうと、おっさんの使役する獣も消えてしまうわけで、そうなると今までそちらに向かってたモンスターが全部一息に俺の元へと押し寄せるわけで。

まあ、死ぬ。普通に死ぬ。

死んだところで周囲にいる誰かが復活系の回復アイテムを使ってくれれば、デスペナも発生せず、その場で蘇生することもできるのだが……。

現状、どっちかが死んだらそのまま戦線を崩されて全滅するコースが濃厚だ。

といっても二人しかいないわけだが。

……よく二人でここまで潜れたよな。

運営から追加マップが発表されてからすでに一週間。

数々の廃人どもが挑んでは、「なにあの苦行」と言わしめた魔の洞窟。

経験値もそんなに美味しくない、モンスターは異様に強い上に異常に湧いている、ボスは取り巻き二匹から常に回復をかけられているときた。

取り巻きを先に倒そうとしても、取り巻きはボスから延々とHPドレインをするという厄介な仕様だ。取り巻きAにダメージを与えても、取り巻きAはボスからHPを吸い上げ、そのボスを取り巻きBが回復する。

ならばと取り巻きAと取り巻きBに同時に攻撃をかけると今度は別の問題が出てくる。取り巻きABは、こちらから攻撃しない限りはこちらに攻撃を仕掛けてこないのだ。つまり、取り巻きABに同時に攻撃してしまうと、こちらもまたボスと取り巻きABの合計三体の敵からタゲられることになる。ボス一匹の火力ですら、一発で重装備のこちらのHPの半分をあっさり削るのだ。そこに取り巻きの攻撃が加われば……どうなるかはわかるな?

そんな大惨事状態であるため、正直運営が何を考えてこんなマップを追加したのか全くもって理解に苦しむ。

ただのドエスなんじゃないのか。

噂《うわさ》によると、そろそろ運営がパッチをあててボスのステータスに調整をいれる、という話もすでに出ているらしい。

最新マップでありながら俺らの他に人がいないのは、皆そのパッチ待ちであるせいだろう。

逆に俺やおっさんのような物好きは、パッチがあてられる前に運営のドエスっぷりを堪能してやろうじゃまいか、なんて思いつきでこうして平日の昼からダンジョンに潜っているわけなのである。

おっさんは謎の自由業、俺は時間に余裕のある大学生だからこそ実行できた成り行き任せの企画だ。

俺は大きく剣を振り回し、当たった敵をノックバックさせる効果のあるスキルを発動。それと同時におっさんをクリックしてアイテムの譲渡を試みる。

俺が所持している回復アイテムの約七割をおっさんに渡す。

無事に受け渡しが済んで、ほっと息を吐いた。前回おっさんと二人で別のボス戦に特攻した時のことを思い出す。アイテムを譲渡しようとしてお互いに立ち止まった瞬間、目の前でボスキャラの放つレーザービームの直撃を喰《く》らっておっさんに死なれた時の虚無感といったらなかった。アイテムを渡す相手がいません、という無慈悲なシステムメッセージを見て呆然《ぼうぜん》としている間に、俺もまたレーザービームの犠牲となったのだ。南無い。

そんな感じで毎回回復アイテム切れを起こしがちのおっさんではあるが、それは別段おっさんの準備不足というわけではない。もしそうだったらとっくに俺がきゅっと首をしめている。そうではないのだ。単純に、俺とおっさんでは回復アイテムの使用頻度が約三倍〜五倍ほど違う。

もちろん頻度が高いのはおっさんの方だ。

おっさんはおそらく今回も所持限界まで回復アイテムを積んできていたはずだ。それでも、足りなくなったのである。

リアルなら腹がたぽたぽなんていうレベルじゃすまない。

美麗なダークエルフの青年が、股間をおさえて尿意を訴える様を思い浮かべると思わず口元が笑みに緩んだ。

「まったくおっさんはしょうがねぇなぁ」

おっさんとつるむようになって以来の口癖だ。

何せおっさんは自分より20〜30以上レベルの高い敵ですら一撃必殺するだけの火力と、自分より10以上レベル下のモンスター相手にも一撃必殺される紙装甲を持ち合わせる御仁なのだ。

そんな厄介な特性を持ち合わせているわりに、俺を含め何かとパーティーに誘う声が絶えないのはおっさんの人徳だろう。なんだかんだ面白いおっさんなので、戦力として役に立たなくとも、一緒に遊ぶだけで楽しいのだ。

見ている側《そば》から、さっそく俺が渡した回復アイテムを使ったのか、ぐんぐんとおっさんのＨＰが回復していくのがわかる。

後は消耗戦だ。

こちらの回復アイテムがきれるか、何か致命的なミスを犯して全滅するのが先か相手のHPを削りきるのが先か。

現在俺らのとっている戦法というのはひたすら愚直な正攻法だ。

俺とおっさんで取り巻きに同時に攻撃を仕掛け、ボス+取り巻き×2の攻撃ダメにひたすら耐える、という。

ショートカットキーに回復アイテムを使用する指は止まらない。

俺ですらこうなので、おっさんなんぞそれこそひたすらショートカット回復を連打しながら、攻撃指示を出しているという状態だろう。

そんな作戦もへったくれもない正攻法でもここまでねばれているのは、俺もおっさんもそれなりに高レベルに分類されるところまでキャラを育てているからだ。

後もしかしたら、本気で攻略する気がなかったことも良かったのかもしれない。

あくまで俺もおっさんも物見遊山気分、いけるところまでいってみよう、としか思っていなかったのである。

なんとしてでも攻略してやる、という気負いがなかったことが、良いように作用した可能性も捨てきれない。

——それか、神様の悪戯か。

後から思い返せば、それはそういう風に呼べるタイミングだった。

延々と、いっそ眠くなるような単純作業の繰り返し。

HPが尽きる前に回復薬を登録したショートカットを叩き、同じくショートカットに登録してあるスキルの発動を実行。

その間はひたすら通常攻撃を叩き込む。

スキルには一度発動させた後にいくらかのクールタイムが設定されている。

そしてクールタイム終了と同時に再びスキル攻撃。

どれぐらいその作業を続けていただろうか。

そろそろ俺がトイレに行きたくなってきた。

もちろんキャラで、ではない。リアルでだ。

が、ネトゲをプレイしたことのある方ならばおわかりだろうが、ネトゲにはポーズ機能というものがない。

おっさん風に言うならば時を止めることなど誰にも出来ないのだよ青年、というところだ。

いや、漏れる。

アキ：しょんべん

イサト：もらせ

しょんべん、なんて名詞だけで意図が通じたのはありがたいものの、返事はさらに短く、そしてさらに酷かった。

ＭＭＯ中毒といえるほどまでのめりこんだヘビーユーザーの中にはボトラーと呼ばれるツワモノもいるらしいが、俺はそこまでの領域にはまだまだ達していない。

達したくもない。人間としての尊厳はまだまだ大事にしたい。もちろん部屋の中で豪快に垂れ流すなんていうのは問題外だ。

イサト：まあきりないし、あとちょっとでひだりがしぬからそいつだけたおさないか

アキ：りょ

いよいよ余裕がなくなってきているのか、おっさんが漢字変換を諦め出した。

チャットに気を取られると死ぬ、というのはおっさんの定番だ。

俺の膀胱《ぼうこう》的にも、回復アイテムの残量的にも、それは妥当な提案に思えた。

あの運営の狂気ともいえるラスボス、その取り巻きの一体を破壊できただけでも土産話には十分だ。

そうと決めたら後はもう勿体ぶらずに持ちうる限りの力を使って取り巻き（左）に全力で攻撃を叩き込む。おっさんは回復防止のために取り巻き（右）へとちまちま精霊魔法を仕掛けている。

おっさんのメインスキルはペットの使役なので、エルフといえど精霊魔法の火力はそれほど高くはない。だが今回は攻撃して回復を邪魔さえ出来ればいいので、火力についてはさほど問題にはならない。

高ければ高いに越したことはないのだが。

そしておっさんの使役するグリフォンがボス本体から俺と同じく取り巻き（左）へとターゲットを変更した。メイン火力の総攻撃を浴びて、取り巻き（左）のＨＰがぐんぐんと減っていく。

見た目はただの浮かぶ石柱であるせいで、見た目からはあまりダメージの通り具合が分からないのが物寂しい。

そしてやがて、ついに取り巻き（左）の残りＨＰを示していた赤いラインがゲージの中から消滅した。

びし、と罅《ひび》の入った石柱が派手に砕け散る。

アキ：おっさん死ぬ前に転移すっぞ！
イサト：おー！

敵のドロップしたアイテムは自動的にインベントリに収納されるので、後は脱出するだけだ。

おっさんが俺の使うアイテムの効果範囲内に接近したのを確認して、俺はインベントリを開いて転移用のアイテムをクリックする。

エメラルドグリーンに煌《きら》めく転移ジェムをダブルクリック。

これが発動すれば、俺たちは最後に寄った安全圏へと転送される。


「……って、エメラルドグリーン？」


思わず声に出して眉間に皺《しわ》を寄せる。

俺の記憶が確かならば、転移ジェムはライトブルーのアイコンをしていたはずだ。

これはちょっとやらかしてしまったかもしれない。

あわただしくアイテムを使用する際に、見た目の似ているアイテムを誤使用するのはありがちなミスだ。

この場合問題となるのは、転移ジェムと見た目が似ていて、間違えそうなアイテムに俺が心当たりがない、ということだろうか。

そうなると、たった今手に入れたばかりのアイテムということになるわけで。

アキ：おっさんごめん。なんか今ドロップしたばっかのレアアイテムうっかり使ったかもしらん。
イサト：ぶっころ

「ですよねー」

おっさんのもっともなリアクションに笑いつつ、俺は改めてアイテムインベントリを開いて転移ジェムをダブルクリックする。

「……あれ？」

おかしい。

普段なら、ダブルクリックしてすぐに『転移します』というシステムメッセージが出るはずなのだ。

それが出てこない。

カチ。カチカチ。カチ。

何度かクリックを繰り返す。

『転送します』

あ、出た。

いや、何か違う……？

「……っ!?」

突如、ＰＣ画面がホワイトアウトした。

ブルースクリーンなら何度か経験あるが、真っ白になるというのは初体験だ。どっちにしろ心臓に悪い。すわＰＣの買い替えか、なんて嫌な予感がし始めるわけだが……。

状況は俺が思っていたよりもカオスな方向に振り切っていた。

白々とした光が画面越しにあふれて部屋を満たし始める。

閃光弾を目の前で破裂させられたらこんな感じなのかもしれない。

これ、画面焼き切れないか？

そんな疑問と共に俺の視界は真っ白に染めあげられて――――……、暗転した。

＊　＊

懐かしい夢を見ていた。

俺とおっさんが初めて会ったときのことだ。

その時俺はまだ高校生で、わりと調子に乗っていた。

ＲＦＣのサービス開始当初からいた俺は、その頃すでに高レベル帯に属していて、自覚はなかったがそれを鼻にかけた嫌な奴になりかけていたのだ。

いわゆる厨二病だ。

言い訳をするならば、俺は決して低レベル帯のプレイヤーを馬鹿にしていたわけではない。

ただ単に、強さを求める以外の遊び方が目に入らなくなっている時期だった。

より強く、より強く。ひたすらモンスターのポップしやすいエリアに陣取って、事務的にモンスターを狩りまくる。

そしてレベルを上げて、より性能のよい装備を身につける。

もはやそれは作業だった。

レベルが上がることにやり甲斐を感じてはいたし、仲間と合流した際の賞賛の声は気持ち良かった。だが、ゲーム自体を楽しんでいたかといわれると今考えても首を傾げる。

パーティーを組むのは同レベル帯のみ。それ以外は足手まといにしかならないと思っていた。そしてパーティーを組んでも、考えるのは効率のことだけだった。だから、俺はパーティーにおける自分の役割を確実に全うした。前衛に立ち、より多くの敵を引きつけ、倒す。

その方針を相手にまで押しつける気はなかったが、自然と俺と組む相手はそのやり方に慣れた『いつものメンツ』になりがちだった。

お互いパーティーを組んだら軽い挨拶を交わし、その日の狩り場を決める。そして狩り場を決めたら、延々とお互いに狩りを続けるのだ。会話は連絡事項のみ、というシンプルさだった。シンプルというか、下手したらそれは殺伐、とも言えたのかもしれない。

作業のように淡々と続く狩りに飽きることもあった。

けれど、そうして俺が狩りを休んでいる間に他の連中がどんどんレベルを上げてくるのかもしれないと思うと、その遊び方から離れられなかった。

そんな俺の元に、一通のフレンドメールが届いたのは、いつものようにただひたすら経験値をためるためだけの狩りに赴こうとしていた時のことだった。

送り主の名前はリモネ。

『いつものメンツ』の一人で、俺が知る中では一番高レベルのプレイヤーだ。

俺が我武者羅にレベル上げにいそしんでいたのも、リモネに追いつきたいという気持ちが大きかったからだった。何があったのか、最近あまり狩りパーティーに参加することがなくなっていたリモネからのメールに、俺は一瞬パーティーの誘いかと期待したのだが……。

To:アキ
From:リモネ

アキ、エルリアの街の近くにいたら、ちょっと俺の友達助けに行ってきてくんね?


期待に反して、その内容は全く別のものだった。

「友達を助けに行ってきてくんね?」

そのフレーズに、当時俺の胸に湧きおこったのは嫉妬にも似た感情だった。

直感的に、その「友達」こそが、最近リモネが俺を誘わない理由だとわかってしまったからだ。

リモネは高レベル故に、気軽に誰かを「助け」たりはしない。

下手な相手に情けをかけると、その行為が「高レベルは低レベルを助けて当たり前」という思い込みを増長し、クレクレ厨と呼ばれるようなタカリにしてしまうことが少なくないからだ。善意が報われない、悲しい現実である。

散々そういった経験をしてきたからか、リモネは普段低レベルのプレイヤーが困っていても、見て見ぬふりをすることが多い。

頼られれば、アドバイスぐらいはするだろう。

けれど、相手のために何かをする、ことは俺の知る限りはほとんどなかった。

相手が「助け合う」ことのできる同レベル帯であればやぶさかではないが。

そのリモネが、わざわざ俺に依頼してまで助けようとしている相手。

俺よりも優先して共に狩る相手。

そんな相手に、興味が湧いた。

そしてそんな相手を俺が「助けに行く」とは一体どういうことなのか。

嫉妬と混《ま》ぜこぜの好奇心を抱いて、俺はリモネへと了解したとの返事を飛ばす。

返事はすぐに来た。

To:アキ
From:リモネ

ありがとな、マジ感謝。

ちょっと今こっち手を離せなくてなー。お前が助けに行ってくれると本当助かるわ。

あ、費用とかは後で俺に請求してくれたらいいから。

俺の友人の名前は「イサト」な。

たぶんエルリアの店の前で立ちつくしてると思う。


……店の前で立ち尽《つ》くす。

一体それはどういう状況なのか。

何か高難度クエストを受けたものの、パーティーメンバーが集まらずに途方にくれていたりするのだろうか。

そんなことを思いつつ、訪れた先の始まりの街、エルリアの店前。

はたしてその男は、「たっけて」と書かれた看板を掲げて所在なさげに立ちつくしていた。

アキ：こん。
イサト：やあ、こんにちは。
アキ：あんた、リモネの友達？
イサト：！
イサト：君がリモネの言ってた助っ人だろうか。
アキ：そうそう。俺アキな。
イサト：俺はイサトだ。
アキ：で、何をどう助けたらいいんだ？
イサト：初対面の相手にこんなことを言うのもなんなんだが……。
イサト：100エシル貸して貰えないだろうか。
アキ：……は？

「は?」

俺はリアルでもそう声をあげてしまっていた。

エシルというのはRFC内で使われる通貨単位だ。

モンスターを倒したり、そのドロップ品をNPCに店売りしたり、他のプレイヤーに露店で売ったりすることで比較的簡単に手に入る。

俺のレベル帯であれば、モンスター一匹から1000エシルほどドロップしたりもする。つまり、100エシルなんていうのは端金もいいところなのだ。

そんな金額を貸してくれとは……。

一体どういうことなのかと聞き返そうとして、俺は気づいた。

こいつ、初心者だ。

身につけている装備からして、レベルはまだ二桁にも届いていないのではないだろうか。

そんな俺の「は?」を、その男はどうやら「何故貸さなければならないのか」という意味で受け取ったらしかった。

イサト:その……。

イサト：レベル８で、召喚スキルが手に入るだろう？
イサト：レベル８になったし、そのスキルロールを買うための金もためたので張り切って買ったわけなんだが……。
アキ：皆まで言うな。察した。
イサト：（´・ε・｀）

察した。察してしまった。

目の前にいる男は種族ダークエルフだ。

エルフ系の特性として「召喚」スキルがある。

ペットとして飼いならしたモンスターを指揮して敵に攻撃するスキルだ。

ＲＦＣでは、スキルは基本的にスキルロールと呼ばれるものを購入することで使えるようになる。

といっても金さえあれば買えるわけではなく、レベルや、その他の条件を満たさないと購入は出来ない。

この男はその条件を満たしたところで、喜んで召喚のスキルロールを購入したのだろう。

そしてスキルを覚えて……、気付いたのだ。

スキル購入条件とスキル使用条件が違うことに。

そう。
召喚スキルは確かにレベル8からスキルロールを購入できるようになる。
だが、実際に召喚スキルが使えるようになるのは、レベル10からなのだ。
孔明の罠だ。多くの初心者がそこでひっかかり、地団太を踏むことになる。

イサト：早く召喚使えるようになりたくてなー。
イサト：召喚スキルさえあればもういいかなーと思って
イサト：初期装備売って金にしたのが敗因だったよな。

もう言葉もなかった。
この男は、最初のチュートリアルで貰う装備全てをうっぱらい、召喚スキルロールを買うための元手にし——…、スキルの使えない丸腰になったのだ。

アキ：あんた馬鹿か。
イサト：うう……耳に痛い。

初期装備すらなくしてしまえば、攻撃手段は素手しかない。

他の頑強な種族ならともかく、もともと体力や防御力が低めに設定されているエルフともなれば、素手でぺちぺち攻撃している間に反撃されればあっという間にHPが尽きるだろう。

本当に一番最初のモンスター、レベル2、3ぐらいのモンスターなら相手に出来るかもしれないが、そいつらのドロップする100エシルなんてたかがしれている。1〜3エシル、良くて6エシル程度。

男が必要としている100エシルはなかなか遠い。

そしてその間に死にまくればデスペナは喰らうし、回復アイテムを使えばますます経済的に困窮することと間違いない。

アキ：100エシルでいいのか？
イサト：100エシルあれば木刀が買える（´・ε・｀）

「…………」

この男、ちょっと面白いな、と思ったのはそのときのことだった。

木刀、というのはこの街で売っている店売りの武器の中で最低ランクの武器だ。当然、一番安い。

いくら初心者といえど、俺が高レベルなのは見てわかるだろうし、この男の友人であるリモネはこの界隈でも有名な高レベルプレイヤーだ。

この男のレベルでも装備できる武器で、木刀より良いものぐらいいくらでも知っているし、持っているし、いくらでも買えるだけのエシルを持っている。それがわかっているはずなのに、この男は当たり前のように木刀を買うだけのエシルだけを貸してほしいと口にした。

画面を操作して、男へと取引を持ちかける。

取引ウィンドウのエシル枠に、きっかり１００エシルを入力。

取引はスムーズだった。

イサト：ありがとう、助かったよ。
イサト：この恩はきっとリモネが立て替える。

アキ：いいや、１００エシルぐらい別にいいけど。

確かにリモネからも、費用は後で請求してくれと言われていたが……１００エシル程度、わざわざ請求するほどでもない。

イサト：それじゃあ長期的な借金ということで――……、
イサト：俺が返せるようになったら返させてくれ。

この申し出だって、別に断ったって良かった。

ただ、これで木刀を装備出来る、また冒険が出来ると喜んでいる姿に、なんとなく俺自身がＲＦＣを始めたばかりの頃の気持ちを思い出したような気がした。

新しいマップに行けるようになるたび、ドキドキした。

新しい装備が身につけられるようになるのが嬉しかった。

見知らぬモンスターに追いかけられて逃げまどい、そいつを倒せるようになるのが楽しかった。

こいつにはそんな楽しみがこれからたくさん待っているのか、と思うと、それが羨ましいと思ってしまったのだ。

「リモネの気持ちがわかるかも」

思わず、そう呟《つぶや》いていた。

それが、俺とおっさんの出会い。

それから何度も、俺はおっさんの話をリモネから聞くことになる。

曰《いわ》く、「あの阿呆《あほ》、回復アイテムの消費があんまりにも激しいから自作するとかいって旅立って帰ってこなくなった」

曰く、「あの阿呆、ペットのレベル上げすぎて使役できなくなったって言い出したからちょっとレベル上げ手伝ってくる」

大体、おっさんの話題は「あの阿呆」から始まる。

そうしているうちに俺はイサトのことを「おっさん」と呼び始め……。

なんだかんだつるんで狩りをするようになったのだ。

＊　＊

じりじりじり。

露出している肌が焼けつくような熱感に、俺はがばちょっと勢いよく起き上がった。

とたん、白々とした光が目の裏を刺して一瞬眩暈《めまい》にも似た感覚を味わう。

健康優良児である俺にしては珍しいことだ。

何か、とても懐かしい夢を見ていたような気がする。

ぽり、と寝起きの頭をかくと、さら、と砂がこぼれた。

……って、砂？

「………………」

俺は周囲を見渡して、呆然とした。

これはきっと夢だ。夢に違いない。

砂漠のど真ん中に立ちつくしているなんて、夢以外の何物でもない。むしろ夢じゃなきゃ困る。

俺はつい先ほどまで、自宅でＰＣに向かってネトゲを楽しんでいたはずなのだ。それが突然砂漠で遭難なんて、あまりに荒唐無稽だ。

ああ、でも。

じりじりと首裏を焦がす日差しは、なんだか妙にリアルで。

すごくすごく、嫌な予感がした。

「いやいや、しっかりしろ俺」

そういえばＲＦＣのチュートリアル終了後のワープ先は砂漠都市だったな、なんて。

そんなことを思い出してしまったのは、きっと気を失う直前までゲームをしていたせいだ。そういえば夢の中でもゲームをしていたような気がする。きっと授業のない日だからといって、平日からのんきにネトゲ祭りなんてしていたせいでこんなリアルな夢を見るのだ。

「…………」

「…………」

「…………」

「…………」

……いくら現実逃避したところで、目の前の現実は全く変わらなかった。

どこまでも続く砂丘。

遠くに揺らぐ蜃気楼《しんきろう》の向こうに見えるのはピラミッドだろうか。

そして、砂の中に半分埋まるようにうつ伏せに倒れているクリーム色の塊。

「……おっさん、なんだろうなあ」

装備に見覚えがありすぎる。

そしておっさんを見て気づいたが、俺もゲーム内の自キャラと同じ装備を身につけていた。

実際に着たら窮屈そうだな、なんて思っていたが、わりとそうでもない。

夢だからだろうか。それならありがたいんだが。

とりあえずおっさんを起こそう。俺一人で砂漠で途方にくれるというのは理不尽だ。これがリアルな夢にしろ、夢みたいなリアルにしろ、おっさんも巻き込んでしまうにこしたことはない。

そうでもしなければ、どうしたら元の世界に戻れるのか、パニックになってしまいそうだ。

俺はずかずかとおっさんへと歩みよると、やんわりとその背中を踏んでみた。


ふにゃ。


「…………」

踏み応えがおかしい。

部活の合宿などでよく野郎どもを踏んで起こしていたが……、こんなに心もとなく柔らかい感触が帰ってきたことはなかったような気がする。

おっさん、メタボか。

ゲーム内ではよくＨＰの少なさをいじられていたおっさんが、その度にか弱いインドア派を主張していたのを思い出す。

「おっさん、起きろって」

ふみふみ。

ワインを造る際の葡萄《ぶどう》踏みのようにその背中を万遍なく踏んでみる。

どう考えても背中の面積が小さすぎた。

「…………」

そろそろ、一抹《いちまつ》の不安を否定するのが辛くなってきた。

ふにゃふにゃとした最初の一踏みから、ちょっと嫌な予感がしてはいるのだ。

しゃがむ。

そして、突っ伏すおっさんの首根っこを捕まえる。

手の中にすぽりとおさまる華奢《きゃしゃ》な首筋に、ますます嫌な予感が募った。

ずるっと砂の中から引き出して、俺は文字通り頭を抱えた。

おっさんだと思っていた相手は――……、砂に汚れてはいたものの、びっくりするほど綺麗《きれい》な妙齢の美女だったのだ。


――おっさんが、美女。

「…………」

＊　　＊

俺は自らが砂の中から掘り起こしてしまったものを見下ろして呆然とする。

踏んだ時点で若干覚悟していたとはいえ――…、まさか本当にローブの下から女性が出てくるとは思わなかった。おっさんの中身、ということで、俺はもっとインテリ然としたおされなおっさんが出てくると思っていたのだ。

それがまさか女の人、だったなんて。

そっとフードをめくると、さらりと長く艶やかな銀髪がこぼれた。閉ざされた瞼《まぶた》を縁どる睫毛《まつげ》も同じ色で、やたら長い。目を閉じているのではっきりとは断言できないが、異国情緒あふれる美人だと言いきれる程度には顔立ちは整っている。街を歩けば、十人中八人は振り返るだろう。

なめらかな、ミルクたっぷりのコーヒー牛乳のような色合いをした褐色の肌と、淡くピンクがかった唇の色の対比がエロい。

仰向けに横たわっているせいか、胸部の主張はささやかだ。が、決してぺたんことというわけではないので、身を起こしたらそれなりのサイズがあるのではないだろうか。そのあたり豊満すぎないのがなんともエルフらしいといったところだが――…はたしてそれは現実のおっさんの中身を反映しているのか、あくまでキャラメイクによるもの、なのか。

と、そこまで考えてようやく俺は自分自身の外見について思い至った。

服装が自キャラの装備していたのと同じ格好になっているのは察していたが、外見はどうなのだろう。ゲーム内の俺は、黒髪のイケメン硬派騎士だったわけだが。

「鏡、鏡……」

そんなもの、持っているわけがなかった。

そもそも持ち物はどうなっているのだろう。ゲーム内であれば画面のＵＩから持ち物を収納したインベントリを開けたのだが……。さすがに装備だけで砂漠に放り出されたとは思いたくない。いろいろと常備しておきたい高価かつ有用なアイテムがしまってあったのだ。

俺はダメ元で腰に下げていた革の袋を開いてみる。

見た目はただの小さな革袋だが、ゲーム内の設定としては所持量はレベル次第という便利アイテムである。

ＲＦＣでは、通貨以外の全てのアイテムに重量が設定されており、キャラが装備しているバックパック系アイテムの許容重量によってアイテムの持てる量が変動するのだ。

アイテムの数ではなくあくまで重さでしか制限がかからないのは便利なのだが、レベルが低いうちはなかなか許容重量が低くて苦労する。

ちなみにバックパック系は見た目を変えるために別のアイテムに取りかえることはできるが、取り外すことはできない。

そんな革袋の中身をのぞいて……。

「うわっ」

俺は思わず声をあげていた。

革袋の口を開いたとたん、慣れたインターフェースが視界に飛び込んでくる。

淡いラインで、ホログラムのように浮かび上がったのだ。試しに革袋の口を閉じてみると、それは何事もなかったかのように消えた。

もう一度開いてみる。やっぱり目の前にホログラム状のインターフェースが浮かび上がった。横5マスにきっちりとアイテムが整然と並んでいる。

「おお……」

つい感嘆の声が漏れる。よくＶＲＭＭＯもののアニメでしているように、中空に手を滑らせ、適当なマスに触れる。続いて、引き出す数を決めようとして少し困った。ある程度の数までだったら、「→」と「←」をタッチし続けることで数を調整することができるのだが、例えば回復アイテムを３００個取り出したい場合、３００回「→」をクリックしないといけないのかと思うと非常にめんどうくさい。押しっぱなしが出来るとしても、だ。

「キーボード操作はできないのか……？」

今のところ「１」と出ている数字に直接触れてみる。と、そこで所持アイテムインベントリの隣に、電卓状に数字の配列された別のインターフェースが浮かびあがった。これで直接入力することができるらしい。便利だ。操作の仕方が分かったところで、操作をキャンセル。今は別段上位ポーションに用はない。

つつ、と指を滑らせて持ち物を確認してみるが、鏡や、その代用が出来そうなアイテムの持ち合わせはなかった。

そうなると次に頭に浮かぶのは水鏡だが……、ここは砂漠である。

哀しいぐらいに何もない。

見渡す限りがただただ砂で埋まっている。

この砂漠のどこかにはオアシスがあるかもしれないが、今はその可能性を追求するのはやめておく。

となると……。

「あ」

良いことを思いついた。

ずらり、と腰に下げていた得物を引き抜く。

俺の武器は騎士職にありがちな大剣である。わりと幅広の刃はきんと澄み渡って鏡面のように周囲の景色を映し返す。

そう。俺の思いついた良いことというのは、この大剣の刃を鏡代わりに使ってやろうということなのである。さすがはヴァールルイ山脈の中腹に住まうクリスタルドラゴンのドロップ武器である。

澄んだ刃に俺は姿を映し……。

無造作に切りそろえた黒のショートに、若干人相悪めの三白眼気味の男と目があった。

俺だ。誰がなんと言おうと、俺だ。この生来の目つきの良くなさは俺だ。

味気ない結果に、かくりと肩を落とした。髪は黒いし、肌色や顔つきにも変化はない。剣に映した範囲だと少々怪しい部分も残るが、感覚的に身長や体格に関しても差はないように思う。

こんなことになるのなら、もっと突飛な色でキャラメイクをしておけば良かった。

というか、つい最近装備を黒で揃えたのに合わせて、髪と目の色を黒で染め直していたのだ。それまでは、金髪碧眼の王子様風騎士だった。

「………」

俺は、未だ意識を取り戻す気配のないおっさんへと視線を流す。

色はともかく、俺がこうして生身の俺と変わらない体格や顔立ちをこの世界で継承しているということは。

ということは。


おっさんは美女。


やっぱりおっさんの中身は女性だった、という結論にたどりついてしまう。

異世界トリップものの中には、その際に神様の悪戯的な何かで性別を変えられてしまうパターンもあったりするのだが……、俺がこうして普通に俺として来ている以上、おっさんもおっさんとして来ていると考えた方がつじつまがあう。

つじつまはあうのだが……。

「……納得しかねる」

普段あれだけ悪ふざけをし、共にシモネタに走り回ったおっさんの中身がこんな綺麗な女性だったなんて実際目にしている今も信じられない。

おっさんだけたまたま部屋にいた別の相手が召喚されてしまった、とかだったりしないだろうか。おっさんの妹とか。おっさんの恋人かもしれないという可能性はガン無視である。おっさんの癖にこんな美人の彼女がいるわけがない（ラノベタイトル風）。

「…ん、ぅ」

小さく、おっさんが呻いた。いや、おっさんじゃないが。おっさんじゃないが。大事なことなので二回言いました。

ゆっくりと、そのやたら長い睫毛が震えて持ち上がる。

瞼の奥に隠されていた双眸《そうぼう》は、とろりと蜂蜜めいた琥珀《こはく》色。

銀の髪との組み合わせが、神々しさすら感じさせる。

日本人離れした色味、を通りこして、もはや人間離れした印象だ。

身体を起こしたおっさん――…、もとい彼女は、ゆる、と瞬いたのちに俺をぼんやりと見上げる。

そこで俺は大事なことに気付いた。


俺、大剣抜いたままじゃね？

砂漠に倒れるたおやかな美女と、その傍らに立つ抜き身の大剣をぶら下げた人相の悪い男。

どう考えても俺、悪役である。

「ち、違う！」

とりあえず凶器をなんとかせねば、と焦ってしまったせいか、否定のために振った手から大剣がすっぽ抜けた。

「あ……っ!?」

すっぽ抜けた大剣はひゅんひゅんひゅんひゅんと回転して、ざんッと阿呆のような切れ味を発揮してぼんやりと瞬く褐色の美女の頬を掠《かす》めるようにして砂の上に突き立った。

剣圧に煽《あお》られたように、長い銀髪が一房ふわりと揺れる。

髪がさらりと落ちて頬にかかる感触に促されたように、彼女が緩やかに瞬く。

やらかした。これ以上ないほどにやらかした。

これでマジで彼女がおっさんじゃなかった場合、俺はただの凶悪犯である。

だらだらだら、と冷や汗が滲《にじ》む中、彼女はすっと顔をあげて。

「……なに面白い舞を舞ってるんだ、アキ青年」

なんて口を開いた。

ああ、――おっさんが美女、確定。

＊　＊

おっさんは、目覚めても美女だった。

ぱっちりとした二重の双眸は、長い睫毛に縁どられているせいか常に伏し目がちでいるような印象を対峙《たいじ》した相手に与える。別段垂れ目というわけじゃないのに、とろんとどこか眠たげな風情に見えるのも、そのせいだろう。

年の頃は俺と同じか、それより少し上ぐらい、だろうか。

男の俺には女性の年齢を当てるのはどうも難しい。

そんなおっさんと言えば、先ほどの俺と同じように大剣を鏡がわりにまじまじと自分の姿を確認している。

「……黒いし、どうにも派手だな」

「あ、それやっぱり自前じゃなかったのか」

「俺は一応日本人だぞ」

「…………」

妙齢の美女から飛び出した「俺」なんていう男らしい一人称に、思わず動きが止まる。

男を装う、というようなわざとらしさもなく、いかにも自然にその一人称は飛び出した。日ごろから使い慣れていなければ、そんなにも自然に口にしたりは出来ないだろう。

……俺女?

女性でありながら一人称俺を好むグループがサブカル属性には存在するらしいが……。そんな俺の疑問に気づいたのか、彼女は、ひらり、と片手を振って見せた。

「や、すまない、驚かせたな。普段ネトゲ仲間と会話するときは、一人称『俺』を使うことが多かったんだ。ほら、私普段ネトゲだと一人称俺を使ってるだろう。音声会話でいきなり一人称を切り替えると誰だかわからなくなって混乱が起きやすかったんだ。君とはRFCの外では付き合いがなかったので肉声で会話したことなかったのを忘れていた」

「は、はあ」

正直それ以外の反応が思いつかなかった。

いつもの通り「おっさん」として対応すべきなのか、初対面の女性に対する対応をすべきなのか。

「む。反応がよろしくないな。私が女だったのがそんなに意外だったのか?」

「……ものすごく」

「それは我ながら完璧なネナベっぷり、と悦に入るべきなのか、女子力のなさを嘆くべきなのか……」

彼女は彼女で思うところがあるのか、ふっと視線が遠のく。

そうなのだ。

彼女が言うように、ネトゲだけでなく、ネット界隈では己の性別を偽るネナベやネカマという存在が数多くいる。

が、そういうのは注意深く観察すれば結構わかるものなのだ。

特に自分と同性を偽ってる相手の場合、話しているうちに小さな違和感を覚え、その違和感故にもしかしたら、という疑惑を覚えるものなのである。

それがこのおっさんには全くなかった。

俺は本当に、おっさんはおっさんだと信じ切っていたのだ。

「アルティとか知ってるだろう?」

「アルティって……、あの弓使いの?」

「そうそう、あのアルティ。あのアルティとは音声チャットで会話したことがあるんだが……。あらかじめ中身は女だと言ってあったのに、『本当に女の人だ!?』と叫ばれたしな。さらに言うなら、その後アルティとはリアルでもお茶をしたんだが、あいつ待ち合わせ場所で会うまで声を聞いておきながら私が本当に女かどうか疑っていたらしい。あいつまじぶっころ」

「ぶはっ」

共通の友人である、エルフの弓使いの少女を話題に出されて、笑ってしまった。

ＲＦＣに出てくるビリベアという黄色いクマの着ぐるみ風装備を愛用している、マスコット的な少女だ。

俺にとっては「おっさんの友達」といった感じでしか知らない相手だが、よくおっさんにまとわりついているのを見ていた。実はちょっと、俺は一時期おっさんがネット恋愛しているのではないかと疑ったこともある。

おっさんは男友達も多かったが、それと同じぐらい女の子たちに人気があったのだ。柔らかな物腰に、さらっと気障なことを言ってのけるところが女の子に大受けする所以《ゆえん》だろう。

だが、その恋愛疑惑はおっさんの中の人が女性だとわかるずっと前に俺の中では消えていた。

おっさんは線引きがうまかったのだ。

恋愛的な意味で近づいてくる女の子に対しては、こちらが見事だと思うほどにずっぱりと線を引く。線を引くどころか、ものすごい逃げ足の速さでさりげなく逃げる。おっさんが甘やかすのは、おっさんを絶対に恋愛対象とみない子だけだった。

俺はそれをリア充——おそらくは既婚者——故の余裕だとばかり思っていたのだが……、なるほど、中の人が女性だったからなのか、と今さらながら納得した。

「でも……、なんでまたネナベなんか」

「以前やっていたネトゲで下半身直結厨に絡まれることが多くてな」

「あー……」

下半身直結厨。

ネトゲという媒介で何としてでもヤれる女を捕まえようと頭の中がまっぴんくに染まった厄介な男のことである。

同性としてもなんとも見苦しい、恥ずかしい存在だ。

おっさんは人間として魅力的な人物だった。

それで女性だということがわかっていれば、きっとさぞかしそういった方面の面倒ごとに巻き込まれていただろう。それはあんまりにも簡単に想像がついた。

「なんつーか……、リモネあたりが知ったら腰抜かしそうだよな」

「…………」

俺の言葉に、うろり、と彼女は視線をそらした。

「…………」

リモネは知ってんのか。

そう思ったが、アルティが知ってることをしれっと白状したこのおっさんが今さらそれぐらいで視線をそらすとは思えない。

それじゃあなんだ？

「…………あ」

一つ恐ろしいことに思い当たった。

「おいまさか」

「たぶんそのまさかだ」

「嘘《うそ》だろおおおおおおお!?」

あのリモネまで実は中身が女性だったというのか。

俺以上に口が悪く、俺よりもレベルが高い廃人仕様の装備で楽しげに俺TUEEEEで高レベ御用達エリアを蹂躙《じゅうりん》しまくっていたあのリモネが!!

「私がバラしたことはリモネには内緒だぞ?」

「……っていうか、チクりようがないです」

「デスヨネー」

そんな身内の暴露トークに花を咲かせていた俺たちだが、このあたりでようやく我に返って周囲を見渡した。

相変わらず周囲には砂しかない。

「というわけで私の一人称のせいでだいぶ話がズレてしまったんだが……、顔立ちや体型に関してはリアルの私に準拠しているみたいだが、色はゲーム仕様だな。あと耳も」

「あ、本当ですね」

身に纏《まと》う色に気を取られすぎて気づいていなかったが、さらりと髪をかきあげた先に露出の耳朶《じだ》はアニメでよく見るエルフのようにツンととがっていた。それでも基本的な外見はリアルが反映されている、ということは種族特性だけがミックスされているのかもしれない。

俺も種族がヒューマンでなく、獣人的な亜人種を選んでいたならば、今頃は俺の外見に犬耳やしっぽがついた状態でこちらにいた可能性が高い。

あんまりぞっとしない想像だ。

と、そんなことを考えていたところで、俺は何やら目の前にいる彼女が御機嫌ナナメであられるのに気付いた。

あからさまに拗《す》ねた目で俺を見ている。

「……何か」

「アキ青年がつれない。私が女だとわかった瞬間になんかめっちゃ壁作られてる」

「えー……」

そんなことを言われましても。

俺の中では相棒はあくまでおっさんだったのである。

彼女からして見れば俺は俺だろうが、俺にとってみればおっさんが美女に化けたのだ。対応が少しばかり余所余所しくなるのは仕方のないことだと思う。

仕方のないことだとは思うのだが……、おっさんは拗ねている。

このあたりの大人げのなさは、俺の知るおっさんのままだ。

「……わかったよ。なるべくいつも通りな」

「ん」

満足そうに彼女は双眸をほっそりと細めて笑った。

ああくそ、可愛い。

「とりあえずいつまでもここにいても干からびるだけだし……、移動しようか？」

「そうだな」

彼女が、何気ない仕草で俺へと手を差し出す。

意味はすなわち、起こしてくれ、ということだろう。

はあ、と俺はわざとらしくため息をついた。

俺に比べると小さくて華奢な手を握り、ぐい、と引き上げる。

「甘えんな、――……イサトさん」

さすがにこの外見の彼女をおっさんと呼ぶ気にはならなかった。

彼女はぱちり、と俺の呼びかけに瞬いて。

いつも通りの俺の対応と、新しい呼び名に満足したように、やっぱり双眸を細めて笑ってくれた。

そして。

立ち上がった瞬間、彼女のズボンが落ちた。

＊　＊

「……なんたる罠《わな》だ。性別によって装備が別な弊害か。くそう」

もそもそと呻きながら、だいぶサイズの合わない召喚士装備と戦っているイサトさん。

先ほどは彼女が立ち上がった瞬間ズボンが落ちる、というド○フ的ラッキースケベに遭遇してしまった。

といっても、上着もかなりサイズが合わなくなってしまっていることもあり、下半身もろ出しというよりも彼シャツ的な感じだったのだけれども。

淡いクリーム色のだぶだぶとした下衣の下から現れたすんなりと伸びた華奢なおみ足に、俺が思わず熱視線を注いでしまったのは仕方のないことだと思う。

上着の裾からにゅ、と伸びる太ももはむっちりと肉が乗り、それが次第にきゅっと細くなっていく。女性の曲線とは良いものだ。

まじまじと鑑賞していたら、呆《あき》れ顔で睨《にら》まれた。無念。

身長は１６０cm程度だろうか。

女性としては背が高い方に分類されるのかもしれないが、１８０超えてる上に、部活で剣道やバスケをやってきた体格の良い俺と並ぶと小柄に見える。

そんなイサトさんを踏んづけて起こそうとしたことは、そっと忘れておく。

俺の方は着ている装備のサイズが合わない、なんていう事態に見舞われなかったあたり、イサトさんが言っているように性別が変わった弊害である可能性が高い。

ＲＦＣでは、服や装備にサイズは設定されていない。あるのは女性用か男性用か男女兼用か、といった分類ぐらいだ。それでも、体格も様々ないろんな種族が条件さえ満たせば同じ装備を身に着けることが出来ていたあたり、魔法的な何かで自動的に調整されていたのだと思われる。が、イサトさんの場合は本来の性別に戻ってしまったため、その魔法的な何かのフォロー範囲外になってしまったのだろう。

なんとか着れないか、と裾をまくってみたりしているものの、柔らかなローブ仕立ての召喚士装備はしばらく歩くとすぐにへろへろと落ちてきてしまう。

「……よし、良いことを思いついた」

ぴこん、と何か思いついたような顔でイサトさんが顔をあげた。

その顔は要注意だ。大体ゲーム中おっさんが「良いことを思いついた」と言い出した時は残念な結果に終わるフラグである。

「……なんだアキ青年その顔は」

「いや、別に」

むー、とイサトさんが唇を尖《とが》らせる。拗ねられても面倒なので、「で、何を思いついたんだ？」とさっさと水を向けておく。

「君のその剣で、いっそ裾を切って貰った方が早いと思ったんだ」

「ああ、なるほど」

ずべずべと裾が落ちてくるたびに巻いていてはキリがない。どうせ街についたらイサトさん用の女性装備を何かしら用意しなければいけないのだ。多少の不格好さよりは利便性をとりたい、ということか。思ったより普通の提案だ。

ちなみに現在俺たちはとりあえず歩いていればいつかはどこかしらにつく、というイサトさんの主張により、ひたすら延々と歩いている。

ゲーム内ステータスが影響しているのか、暑さを感じてはいるもののそれによって致命的に体調に負担がかかる、ということがないからこそ出来ることである。

現実の砂漠だったら、とっくに熱中症か脱水で倒れている。

まあ、それで倒れなくとも、服と同じくぶかぶかの靴を履いているイサトさんはよく転んでいるが。

そのたびに何か恨めしげな目で俺を見るが、俺としては何もしてやれることがないので、そっと目をそらしている。転んでやんの、と笑わないあたりが武士の情けである。

服の裾を切り落とすことで、イサトさんがリアル七転び八起き状態から脱せられるというのなら、俺としてもその手間を惜しむ理由はない。

「それじゃあ」

俺はずらり、と腰から大剣を引き抜く。それに合わせてイサトさんは、上着の裾をぐいぐいと引っ張ってなるべく足を隠そうと無駄な努力をしつつ、一度ズボンを脱いで砂の上に広げた。

「どれぐらい？」

「えーっと、このあたり、かな」

イサトさんが指で示したラインを目測で計り、彼女が安全圏まで身を引いたのを確認してから俺は剣を振り下ろす。

正直に言うと、その時ちょっと何か忘れてるような気がするなーとは思っていたのだ。

ものすごく、言い訳だが。

俺の振り下ろした刃は恐ろしいほどの切れ味で召喚士装備（下）の裾を目的通りに切り落とし……、次の瞬間、召喚士装備（下）はきらきらした光をはじきながら爆散した。


ぱしゃーん！


繊細なガラス細工を砕いたような音が響く。

「あああああああああ!?」

「ああああああああああああ!!」

俺とイサトさん、二人分の声がハモった。

なんでどうしてこうなった、というようなイサトさんの声と、何を忘れていたのかを思い出して俺があげた納得の声。

俺はこの現象を知っている。

否。イサトさんだってこの現象を知っているはずだ。

――服の耐久値だ。

RFCにおけるたいていの物には、物自体のHPといった感じで「耐久値」というものが設定されている。

どれだけすごいマジックアイテムであろうと、どれだけ防御力に優れた装備品であろうと、使えば使うほど耐久値はじわじわと下がっていくのだ。

そして、耐久値が0になった物は『壊れる』。

それが先ほどイサトさんの召喚士装備（下）に起こった現象だ。

裾を切り落とすために俺の加えた一撃が、ダメージとして計算された結果、見事召喚士装備（下）の耐久値を削りきってしまったのである。

「……、」

思わず、小さく息を吐いた。

目の前で起こった不思議現象に説明がついたのは良いのだが、逆に説明がついてしまったことに困惑を覚える。この理屈が通じるということは、本当にここはゲームの中の世界だということになってしまう。インベントリの件だったり、俺らの装備や外見のことだったり、じわじわと現実逃避の余地が失われていく。その外堀が埋められていく感に、若干の息苦しさを感じた。逃げ場が、なくなる。どうしたらこの世界から元の自分の部屋に戻れるのか、なんて現実的な疑問や恐怖が胸の中にこみ上げてきてしまいそうになる。

そんな息苦しさを打ち消したのは、わざとらしいほどに非難めいたイサトさんの呟きだった。

「ア、アキ青年が私のパンツ見たさにズボンを剝ぎとって壊した……」

「おいやめろください」

人聞きが悪すぎる。

見たくないかと言われれば非常に見たいが、そんな現世に戻った瞬間御縄になるような酷いことはしていない。

第一、やれといったのはイサトさんである。

「ってことはちゃんとした道具を使わないと服飾品の加工は出来ないってことなのか。面倒くさいな」

むぅ、と眉間を寄せてイサトさんが呻く。

加工のために手を入れることすらダメージ換算で耐久値が減ると考えると、確かに面倒くさい。

ＲＦＣでは、加工には『材料』と『道具』と『スキル』が必要だったわけだが……。

その『道具』の部分をおろそかにするとこうなりますよ、という良い見本が出来てしまった。

「アキ青年、予備の服持ってないか？」

「出てくる前に耐久値ＭＡＸまで回復してきたからな……、予備は持ってない」

「そうか……、私も回復アイテム積むのに邪魔なものは全部倉庫にぶっこんできちゃったからなぁ」

「ダンジョンに潜るだけだと思ってたもんなー」

　重さでアイテムの所持出来る量が決まることもあり、ダンジョンなどに戦闘目的で潜る際には、できるだけ要らないものは倉庫に預け、回復系のアイテムを詰め込むというのが定番だ。

　俺のようにある程度防御力があり、回復アイテムの消費量に予想がつく場合は、主にドロップ品を集めるためになるべくインベントリを軽くしておく、ということになる。

　そのため、俺もイサトさんもダンジョンアタック仕様、といった感じで、必要最低限の品目しか現在所持していない。

　まあ、イサトさんはだいぶ回復アイテムを使いまくっていたので、現在のインベントリは結構ガラガラだろう。

「私も不精しないで装備の耐久値ＭＡＸにしておけばよかった」

「イサトさんは普段そんなに耐久値喰らわないもんな」

「基本的に一撃必殺されるからな……」

　ふっと視線が遠のく。

　装備の耐久値は敵の攻撃を受けることでじわじわと減る。

　一発喰らうごとに1減る、というほどわかりやすくすぐさま減っていくわけではないが……。

　低レベルのアクティブモンスターがいるエリアで、どれだけたかられようとダメージは通らないからいいやと離席すると、戻ってきたときにはパンツ一本だったりするのが良い例だ。

そうなると、基本的に後衛で前線に出ないイサトさんの装備は、前衛の俺に比べると耐久値が減りにくい、ということになるのである。攻撃をくらったとしても何発も耐える、という仕様でもない。イサトさんの戦術は一撃で仕留めるか一撃で仕留められるか、というギャンブルだ。

ちなみに耐久値は『道具』を揃えてＮＰＣの職人に頼むことでも回復できるし、自分でそのスキルをとれば、自分でも修繕することができるようになる。俺はその辺の生産関係はＮＰＣ任せだが、確かイサトさんはそういったスキルも持っていたはずだ。

この人はそういう意味で器用貧乏なのである。

「うーん、裸族的にはもういいかな、って気がしているが、うら若き乙女としてはどうなんだという内なる声が聞こえる」

「内なる声に従ってくれ」

先ほどまでは一応恥じらうように上着の裾を引っ張っていたイサトさんは、もうすでに足を隠すことを諦め始めている。おい諦めるなよ。諦めたらそこで試合終了です。

この人はもしかすると今でも自分がおっさんだとでも思っているんだろうか。だとしたら大間違いだ。

今のあんたはとびきり魅力的な美人エルフで、俺はわりとヤりたい盛りの御年頃なんだぞ。

その辺一度真面目に釘《くぎ》を刺しておきたいような気もするが、ふと見た元おっさん今美女なイサトさんが楽しそうに笑っていたので、気が殺がれてしまった。

「覚えてるか、アキ青年」

「……覚えてる。アルティと初めて会ったときのことだろ？」

「そうそう」

くくく、と喉を鳴らしてイサトさんが笑う。

先ほども説明したとおり、RFCの世界観では、ほぼ全てのものに耐久値が設定されている。壊れたら新しいのを買うか、それが嫌ならば壊れる前に修理して耐久値を回復させなければならない。

が、ゲームを始めたばかりのプレイヤーというのは、そこをつい失念してしまうのだ。

その代償は――……、戦闘中の突然のキャストオフ、である。

街から離れたひとけのない森の中でレベル上げにいそしんでいた彼女は、そこで着ていた装備の耐久値を0にしてしまったのだ。

俺とイサトさんが通りかかったとき、アルティは木陰で座りこんで茂みの中に隠れて途方にくれているようだった。

そして俺が声をかけるべきかで迷っている間に――、おっさんは自分の着ていた男女兼用のネタ装備、黄色いクマさんの着ぐるみをアルティに譲渡したのだ。

ビリベアのアルティ、誕生の瞬間である。

ＲＦＣの設定だと、装備が脱げても、中のインナーだけは残る。

男だとトランクス、女だとブラとパンツ。

色違いのブラッディベア――名前通り赤い――の着ぐるみを着た俺と、黄色いビリベア着ぐるみのアルティと、トランクス一枚のおっさん。

かなりよくわからない光景だった。

しかもそのあと着替えるために街に戻るかと思いきや、おっさんはもうパンツでいいんじゃないか、とか言い出し、結局そのままの格好で狩りに赴いたのだ。

薄暗いダンジョンを駆け抜けるクマ（赤）とパン一のおっさんという図は、その後しばらくネタにされた。

「おっさん超イキイキしてたよな」

「美味しいじゃないか、パン一ダンジョン特攻なんて」

「ただでさえ紙装甲な癖に」

「あの時は素材集めがメインだったから、あんまり強い敵もいないし良いかなって」

「その素材集めの雑魚相手に死にまくったのはどこの誰だ」

「私です」

「分かっていればよろしい」

そんな会話を交わしつつ、俺はがちゃがちゃ、と扱いなれぬ金具をいじって肩からマントを外した。

ゲームであればクリック一つで着脱できるのだが、こうなるとさすがにそういうわけにもいかない。

「ほら。これ巻いてればちょっとはマシだろ」

「いいのか？」

「おう」

「ありがとう、助かる」

イサトさんは俺が差し出したマントを受け取ると、ひらりと華麗にそれを靡《なび》かせ――……、羽織った。

「…………」

「…………」

「…………」

「…………」

「……つっこんでくれ、沈黙が痛い」

「何でも突っ込んでもらえると思うなよ」

「ひん」

無言に勝る突っ込みはない、こともある。

イサトさんはくっくっく、と鳩《はと》みたいに喉を鳴らしながら笑いつつ、マントを腰回りに巻きなおした。

腰の片側で端をきゅっと結んでいるため、ひらひらと斜めに足首に向かう布のラインはロングドレスの裾を思わせるドレッシーな状態だ。

イサトさんはドヤァとでもいう風にこちらを見ている。

たぶん、上が普通の服だったなら、ファッショナブルに見えた……、のかもしれない。が、クリーム色のずるずるの下にダークレッドのマントを巻いているので、なんかこう全体的にずるずるしている。

新種のゴースト系モンスターのようだ。

「どっかついたらまともな服買おうな」

「……はい」

かくり、と項垂れたイサトさんの肩を軽く慰めるよう叩いて、俺たちは再び砂漠を歩きだす。

そして。

そろそろ日が暮れようという頃に――……、ようやく小さな村にたどりついたのだった。

＊　　＊

日暮れ前に俺たちがたどりついたのは、砂漠の東端にあるカラットという村だった。

辺境の村らしく、俺たちのような冒険者が訪れるのは珍しいのだといってわいわいと俺たちを物珍しそうに囲んでくれた。

それをキリの良いところで振り切って、俺とイサトさんは宿屋へと引き上げていた。部屋は当然二つ。隣同士並んで二部屋借りた。

一泊200エシルで、朝食つきだ。たまに行商の商人が訪れる他は、わざわざこんなところまで来る冒険者もいないため、宿といっても万年休業状態なのが常だからこその、この値段なのだそうだ。

ゲーム的な感覚で言うと、初心者エリア故の安価といったところだろう。

自分の部屋に荷物を置いたイサトさんが、俺の部屋へとやってきたところで作戦会議だ。

「……イサトさん、カラットって村知ってる？」

「知らないな……。砂漠エリアといったら始まりの街エルリアとあと砂漠のダンジョンぐらいしか知らない」

「俺も同じく」

「でも言葉が通じたのはありがたかったな」

「本当に」

何気なく笑顔でしれっと対応していた俺とイサトさんだが、二人とも村に入るまではたして言葉が通じるか、と結構ハラハラしていたのは内緒である。

いざとなったら私が頑張って言葉を覚えてみせる、と言い切った男前なイサトさんの覚悟は次回に使いまわしたい。

「一瞬ＲＦＣの世界じゃないのかとも思ったけど……、エルリアのこと知ってたよな？」

「うんうん」

エルリア。

砂漠のオアシス、灼熱《しゃくねつ》の砂漠都市、始まりの街。

ＲＦＣを始めたプレイヤーは、最初エルリア近くの砂漠へと転送される。

そこからチュートリアルが始まり、その指示に従ってモンスターを倒す中で武器や回復アイテムの使い方や武器や防具の装備の仕方を学び、ワープポータルの使い方を覚え、実践しているうちにエルリアにつく、という流れなのだ。

だから俺は、砂漠をさまよった結果にたどりつくのはエルリアか、ピラミッドのどちらかだと思っていた。ピラミッドというのはこの砂漠エリアにおける現時点では高レベルダンジョンである。

ＲＦＣでは、中央都市セントラリアを中心に、東西南北にそれぞれ都市国家が発達している。北のノースガリア、東のエスタイースト、南のサウスガリアン、西のトゥーラウェスト。

エルリアはトゥーラウェストに属している。そしてそこからエリアにわかれていくわけだ。エリアは大体特徴の似ているフィールド三つと、ダンジョン一つと、プレイヤーが休むことができる休息ポイントの五つから構成されている。

俺たちがいる砂漠エリアも、初心者向けのフィールドが三つと、ある程度レベルが上がったプレイヤー向けのピラミッドダンジョン、そして始まりの街エルリアから構成されていた……はず、なのだ。

カラット、という俺もイサトさんも知らない村にたどりついてしまった時、俺は地味にショックを受けていた。

ＲＦＣの中に入ってしまった、のだったらまだ救いがあると思っていたからだ。

俺はＲＦＣならばサービス開始時から遊んできた古参だ。レベルだって、ほぼカンストに近い。たとえそれが現実になったとしても、俺にはこの世界に対する知識がある。ステータスが反映されているならば、それなりに戦うことも可能だろう。

少なくとも、『生き抜く』ことぐらいは出来るはずだ。

だが、ここがＲＦＣとは異なる世界だったなら。

俺の知識は頼りにならない。ステータスもどこまで信じられるかわからない。

そう考えたとき、急に立っている大地が底なしの泥沼に変わったかのような恐怖を感じてしまったのだ。己の知識や常識が全く通じない異世界に、寄る辺なく放り出されてしまった心細さは尋常じゃない。

エルリアに行きたかったんだけどな、と呟いた俺の声は、きっと乾いて震えていた。それに対して、俺たちを案内してくれた宿屋の娘は顔をくしゃくしゃにして笑ったのだ。

「お客さん、エルリアの街なら正反対の方向ですよ」

と。

「レトロ・ファンタジア・クロニクルの世界観に良く似た異世界……、ってことなんだろうかなあ」

「いろいろ確かめないとまずいよな。そもそも俺、まだこれが現実かどうかも実感が正直わいてない」

「それは私もだよ。まだどこかで……、そのうち目が覚めるんじゃないか、って思ってる」

「……だよな」

俺やイサトさんが二人とも妙に冷静に適応していられるのは、まだこれが現実だという実感がわかないから、なのかもしれない。

「ダメだな、俺。もっとしっかりしないと」

現実を認めなければ。

目の前の現実をしっかりと認めなければ。

こんなにのんびりとしていては、何かあったときに動けないかもしれない。

ここはもうゲームではない……、かもしれないのだ。

それに、リアルの方の問題だってある。

俺たちは今こうして、ＭＭＯＲＦＣによく似た見知らぬ世界にいるわけだが、今この瞬間俺たちがもともといたはずの世界では何が起きているのだろう。

これがただの、恐ろしいほどにリアルな夢だというのなら、それはそれで構わない。

けれど、もし本当に異世界に来てしまっているとしたら。

ここにいる俺は肉体を伴った俺なのか、それとも肉体を置き去りに魂だけでここに迷い込んでしまっているのか。それによって、危険度は変わる。

もし肉体ごとここに来てしまっているのならば、俺が覚悟すべきは家族によって失踪届あたりが出されてしまうことだ。一人暮らしの大学生であり、実家への連絡がそれほどマメでない俺なので、俺がリアルから姿を消してしまっていることに家族が気づくまでは猶予がある。その間に元の世界に戻ることが出来れば、現実復帰へのリカバリーは可能だ。

だが、もし魂だけでこちらに来てしまっている場合。家族が俺の異変に気付くまでの時間が今度は命取りになりかねない。

そんな状況だと言うのに、俺には実感がない。

漠然とした正体不明の焦りは感じているものの、死ぬかもしれない環境に追いこまれているという危機感に欠けている。

こんなザマでは……。

「……あんまり気負うものではないよ、アキ青年」

眉間に皺を寄せて考え込んでいた俺の肩を、イサトさんがぽんと叩いた。

「イサトさん」

「人間なんてな、放っておいても目の前の環境にはなんだかんだ適応できるんだ。皆が呆れるブラック企業で気づいたら一年耐久した私が言うんだから間違いない」

「……ブラック企業勤めだったんです？」

「だったんです。一年で根をあげてフリーになったけれど、私以外で一週間以上持った人はいなかったので……、まあ酷い環境だったんだろうな」

他人事のように何かすさまじいことを言ってるぞこの人。

俺とイサトさんはゲームの中での付き合いしかなかったこともあり、俺はイサトさんのリアルの話をほとんど知らない。

そういえばリモネがよく「あいつは規格外」と言っていたっけか。

「昔なー、私がまだ大学生だった頃なんだが」

「はあ」

「私はその日ゼミが終わったらもう授業がなくてね。私の友達連中は皆次に授業が入ってたんだ。そういうことって、あるだろ」

「あるな」

同じゼミにいれば大体似たような講義をとっているが、それでもそういった差異は出てくる。

「それで私は一人で帰ることにしたんだ。授業を行っている建物の小脇にある雑木林の中の小道をてくてく歩いていて……、そこでヘビを踏んだ」

「は？」

「ヘビ」

「え？　え？　ヘビ？」

「そう、ヘビ」

重々しく繰り返して、イサトさんはこっくりとうなずく。

「大丈夫だったのか？」

「普通に考えてヘビ踏んだら反撃されるよな」

「さ、されるだろうなあ」

嫌な予感しかしない。

「見事かまれました」

「うわあ」

「私な、その時驚きすぎてなー」

「そりゃ驚くよな」

「悲鳴をあげ損ねたんだ」

「悲鳴をあげ損ねる？」

「なんというか、タイミングを外した、というか。すぐ隣の建物は授業中で、他の友達は皆授業に出てて、私だけ小道でヘビに咬《か》まれてる、っていう。超シュールだろ」

絵面で想像すると相当シュールだ。

「私はなんだかものすごく冷静でな。自分の脛《すね》のあたりに咬みついてるヘビを見下ろして、この色と形ならたぶんアオダイショウだなー、毒はないだろうから平気だなーって考えてて。でもヘビはものすごく私の足に絡みついててな。もうなんなの。最新ファッションなの、っていう」

叫ぶタイミングを逃し、一人呆然と小道にたたずむイサトさん。その足にしっかりと絡みつくアオダイショウ。

「結局どうしたんだ」

「仕方ないから咬みついてるアオダイショウの頭を摑《つか》んで、ひっぺがして、そしたら今度は腕にからみついてくるから、ものすごい勢いで腕を振ってぶんなげたよな」

「ぶんなげたんだ」

「ぶんなげました」

ヘビの方から襲ってきたわけではなく、先にうっかり踏んづける、という形ででも攻撃をしかけてしまったのは私だったからな、なんてイサトさんはしみじみ思い出を語っている。

「その日は私、ジーンズだったんだ。だからヘビの牙も肌に届いてなくて、何事もなかったんだが……、とにかくあっけにとられる出来事だった」

「そりゃ驚くよ」

「だから」

「だから？」

そういえばなんでこんな話になったんだっけか。

「人間、予想もつかない出来事に直面したときってな、意外とパニックにならないんだ。たぶん脳みそがブレーキをかけてるんだと思う。私たちが今妙に冷静に淡々と対応していて、異世界トリップの実感がわかないのも、そういう防衛機構だと思っておくといい。君がのんきで頼りないわけじゃない」

「イサトさん……」

そう繋《つな》がるわけなのか。

「そのうち嫌でも実感がわいて、どんよりする時がくる。それか、もしくは向こうのおふとんで目覚めてああやっぱり夢だったんだ、って思う時が」

「……後者だと嬉しいんだけどな」

「確かに。そんなわけだから……、あんまり今は落ち込まず、やれることからやっていこう。いつもと変わらず」

「……そう、だな」

実際にはここは俺たちにとっては現実で、画面越しに見てきたＲＦＣとはいろいろと勝手が違う部分だって多い。でも、それでも。いつもと同じように、二人で話し合って、やれることから片づけていこう。

この世界のことも、俺たちの元の世界のことも、考えなくて良いわけではない。けれど、今はヒントが少なすぎるし、考えたところで解決法に至る可能性は少ないような気がした。それなら、悩んで危機感や絶望に追い詰められるよりも、多少は鈍感でも、今出来ることだけを考えるようにした方が良い。

「それじゃあまず、自己紹介していいか？」

「え？」

「こんなことになったわけだし、やっぱり一緒にいる相手のことは知っておきたいもんじゃない？」

俺の言葉に、イサトさんは意外そうに目をぱちくりとさせている。

「俺は遠野秋良《とおのあきら》。季節の秋に、良い悪いの良いって字で秋良《あきら》だ。大学二年の21歳。改めてよろしくな、イサトさん」

「…………。……私は」

「無理しなくてもいいよ」

「え？」

「俺は、俺のことを知ってて欲しかったから名乗っただけだからな。イサトさんがリアルの情報を俺に知られたくないって思うならその気持ちだって尊重する」

そりゃちょっとは寂しいけどな！　残念だけどな!!

「や、そうじゃないんだ。ちょっといろいろ事情があって」

「うん」

「これで自意識過剰だったらクソ恥ずかしい」

「何が」

「……私は、玖珂伊里《くがいさと》」

ここで、一度イサトさんは言葉を切って俺をちろ、と上目遣いに見やった。

可愛い。

「イサトさん、まさかの本名プレイだったのか」

「確かに」

「逆に本名だと思う人もいなかろうと思って」

「いさと」という音自体、名前としてはそう多いものではないような気がする。

本名、というよりもペンネームやハンドルネーム、芸名にありそうだ。

って。あれ。ちょっと待て。待てよ。玖珂伊里、って名前を俺は知っている。

「玖珂伊里って、あの玖珂伊里!?」

「……たぶん、その玖珂伊里だ」

玖珂伊里。最近ちまたで話題になっていた少女漫画の原作担当の名前だ。女性の心をときめかせ、様々な年代の女性のハートをがっつり摑んだ結果、今年の暮れには実写映画化も決まっていたはず。

今目の前にいるダークエルフ美女がその玖珂伊里!?

「玖珂伊里ってアレだろ、マスコミに絶対出てこなくて最近だと実在しないいんじゃないか、とまで言われてる……」

「はっはっはー」

いました。実在しました。

「そんなわけで、私は玖珂伊里。まあ、ネトゲの時と変わらず気軽にイサトと呼んでくれ。……といっても君はずっと私のことをおっさんと呼んでいたわけだが。おっさん、でも構わないよ」

「呼べるか」

拗ねた調子で言葉を返す俺に、イサトさんはくつくつと楽しそうに喉を鳴らして笑っている。

「職業は文字書きだ。で、年齢は25。君より4つ上なわけだな」

「はー……」

言葉が出ない。

ネトゲでつるんでいたおっさんが美女だったあげくに、そんな時の人だったなんて。

でも少し納得した。おっさんは暇な時はちょこちょこネトゲにインしているが、忙しい時は本当に出てこない。死んだんじゃないか、なんて不謹慎な噂が流れるほどに音信不通になる。きっとあいうときはいわゆる修羅場に突入していたんだろう。

「改めてよろしく、秋良」

「……よろしく、イサトさん」

そうして、俺たちは改めて握手をかわしたのだった。

＊　＊

その日は、そんな自己紹介と、インベントリの使い方をお互いに確認する感じで終わった。お互いざっと現在のインベントリ内にあるものを報告しあったが、予想通りイサトさんのインベントリはほとんど空だった。ただ、例外を言うならば召喚アイテムだろうか。

イサトさんは本人の戦闘力よりも、召喚対象を育てることに全力を注いでしまった系残念ダークエルフだ。何が残念って、ダークエルフは「召喚」こそ出来るものの「召喚」向きではないあたりが、残念極まりない。

RFCでは召喚という特殊スキルが使える種族としてエルフとダークエルフという二種類が用意されている。どちらも召喚スキルを使えはするのだが……、種族特性がエルフとダークエルフでは異なっているのだ。

エルフは召喚をメインに、本人の覚える魔法は大地や自然の力を借りて召喚モンスターを癒したり、自身を回復するようなサポート系の能力を覚える。

一方のダークエルフは、同じ精霊魔法でもより攻撃的な魔法スキルを覚えることができる。結果、召喚士としてモンスターを相棒に戦いたい人はエルフを、強力な広範囲精霊魔法を使いたい人はダークエルフを、といった形で使い分けが行われていた。

そこでイサトさんである。ダークエルフで、召喚士。

無理ではないが、いろいろと残念である。

何故止めなかったのか、とリモネに聞いたところ、止めても聞かなかったんだ、と遠い目をされた。

そんなわけで、イサトさんは残念な召喚士なのである。

ちなみに、召喚スキルはエルフしか使えないとはいえ、召喚するだけなら俺もできる。騎乗も出来る。なので俺も、それなりに育てた騎乗用のモンスターが手持ちにいたりもする。

では、召喚士というジョブが俺と何が違うかというと、モンスターのレベルが上がりやすいということと、あとはモンスターに命令出来るということだ。召喚士ではない俺がペットとしてモンスターを連れている場合、俺が戦闘に入ったとしてもモンスターが攻撃に参加する割合は一割から二割程度だ。

騎乗している場合に限り、反撃だけはオートで行ってくれる。

が、召喚士の場合、連れているモンスターにターゲットを与え、攻撃をさせることができるのだ。

ちなみにペットは自らが攻撃してモンスターを倒した場合でないと経験値を獲得しない。連れ歩くだけではダメなのだ。なので、騎乗型のモンスターの場合は、アクティブモンスターが大量に湧くポイントに突撃することでレベル上げすることもできるが……、それ以外のモンスターの場合は召喚士以外だとなかなかレベルを上げることが難しい。

　イサトさんが現在手元に持っているのはグリフォンとフェンリル、それと朱雀《すざく》だった。西洋風の世界観でいきなり和の要素が入ってくることに違和感を覚えるかもしれないが、そのあたりRFCはわりとチャンポンである。日本人プレイヤーの心をがっつり摑むという目的と、クールジャパン的な何かを狙っていたのかもしれない。

　グリフォンとフェンリルは物理攻撃に特化しており、朱雀はフェニックスと要素をだぶらせているのか回復や復活といったサポート系のスキルを持っている。戦闘目的でどこかに出かけるときの、イサトさんの定番だ。

　ここが本当にRFCの世界ならば、どうしたらスキルが発動するのかといった仕様面についての確認をいろいろしたいところではあったのだが……。

　さすがに村の中でモンスターを召喚したり、俺の大剣スキルを実践するわけにはいかない。

　そのあたりはおいおいこの村を拠点にして、砂漠の方でモンスターを相手に実践してみよう、という話になった。

　そこで、今日はおしまい。

　お互いそれぞれの部屋に戻って、眠りにつく。

次目覚めたら自分の部屋だったら良いな、なんて夢を抱きつつ。

そして。

そんな夢が打ち砕かれるのは、きっとある種の御約束なんだろう。

夜中、俺を目を覚ましたのは目ざまし時計のせいでもなければ、日本の自分の部屋でもなかった。

「お客さん、起きてください!!　起きて!!」

だんだんだん、と激しくドアが鳴る。

甲高い悲鳴じみた声は、俺たちを部屋に案内してくれた宿屋の娘さんのものだろうか。

身を起こすと、窓の外が異様に明るいのに気付く。

「……なんだよ」

嫌な予感を打ち消すように、呟きながら寝具から抜け出してドアへと向かう。ちなみにベッドではなく、布団……、というよりも寝袋に近いタイプのものがこのあたりでは一般的らしい。

鍵をあけると同時に、バタンとすごい勢いで外からドアを開けられた。

「お客さん逃げてください……！　盗賊です……!!」

「おうふ」

これが現実だと認識したがらない脳は、御約束キタコレこのタイミングでかよ、などというリアクションを俺にとらせる。実際にはもっと緊張感にあふれていなければならない状況であるはずなのだが。

「イサトさん……、俺のツレは？」

「お母さんが呼びに行っています！」

「よし」

それだけ確認すると、俺はベッドの傍らに置いてあった大剣だけを手に取った。

さすがに寝るときは邪魔だからと防具関係は外してしまっていたのだが、きっと今それを身につけるだけの時間はないだろう。着ることを諦めて、それらはぽいぽい、っとインベントリの中にしまっておく。ふと思いついて、普段ゲームの中でやってるようにインベントリ画面で防具をダブルクリックしてみた。

「おお」

早着替えだ。

いかにも最初から着てましたよ、という態で俺は防具を装備していた。脱ぐのも同じように一発で出来たら便利なんだが。

「お客さん、急いで！」

「あ、ごめん」

ついこんな時に仕様を確認してしまっていた。剣を腰にさして部屋から出ると、同じように宿屋の女将さんに起こされ、腕をひかれて部屋を出てきたイサトさんと合流することができた。

イサトさんは寝起きをそのまま引っ張り出されてきたのか、まだぼんやりと眠そうな顔をしている。問題は着ているのが召喚士装備（上）だけだということぐらいか。例の彼シャツ状態だ。俺のマントはどこいった。

「イサトさん、俺のマントは？」

「いんべんとりー」

眠たげに間延びした声で応えられた。普段よりもふにゃふにゃとした喋《しゃべ》り方が可愛い。が、今はそれどころではない。俺たちは宿屋の母娘に先導されて階段を降りながら、小声で言葉を交わす。

「起きろって、イサトさん。盗賊だって、盗賊」

「とうぞく……、どろぼう？」

「そうそう、泥棒。でもどっちかっていうと強盗みたいだ」

逃げろ、ということは盗むだけでなく、こちらに危害を加えられる可能性が高いということなのだろう。

「そんなイベント、やったことないぞ……」

「俺もないよ。ほら起きろって」

少しずつイサトさんの喋りがはっきりしてくる。

「……起きた」

「それなら良かった。で、どうする？」

「王道的展開ならここで私たちが本気出して無双」

「そうじゃないなら？」

「小市民的にそそっと村人にまぎれて避難」

「俺らは？」

「小市民コースじゃないか」

「……だな」

まだスキルが使えるのか、自分たちにどれほどの戦闘力があるのかもはっきりしていないのだ。

その状態で盗賊相手に喧嘩《けんか》売るほど俺もイサトさんも神経がずぶとくはなかった。

先導する二人の後について、俺たちは避難する。村のあちこちが赤々と照らされているのは火を放たれたからなのだろう。

そう。そこは主張したい。俺たちはちっとも暴れる気なんてなかった。村人たちには悪いが……、命さえ助かればそれで良いと思っていたのだ。

命さえ、助かれば。

「こっちです……！　こっちに……！」

そう言って俺たちを先導して走り出した宿屋の娘さん。

たたっとかろやかに足音を響かせ、通りに出ようとしたとたん。

俺たちから見えぬ物陰から突き出された白銀の刃が、さくりとその顔から臍《へそ》の下あたりまでを一刀のもとに切り捨てていた。

「……っ!?」

「アーミット!!」

女将さんの絶叫が響く。

ああ、あの娘の名前はアーミットというのか、だとか。

『お客さん、エルリアの街なら正反対の方向ですよ』

と言ったくしゃくしゃな笑顔だとか。

そんな彼女に纏《まつ》わる記憶が一気に鮮明に眼裏に蘇《よみがえ》って。

ぐしゃりと割れて血を溢《あふ》れさせる彼女の顔と重なる。

むせかえるように立ち込める濃厚な血の香り。金臭い。

くらり、と少女の身体がバランスを失って揺れるのと、赤黒い鮮血を滴らせるシミターをぶら下げた男が物陰からのそりと姿を現すのはほぼ同時だった。

恐れよりも、まず最初に感じたのは怒りだった。

ああでも、この怒りを俺はどうぶつけたらいい?

どうしたら、どうしたら。


殺す?

その選択肢は驚くほどするりと俺の脳裏に浮かび上がった。

殺す。命を奪う。可愛いあの子を殺したこの男を殺し返す。命の贖《あがな》いは命で賄ってもらおう。殺そう。こいつ、殺そう。

大剣を握る手に力がこもる。

す、とすり足で相手に向かって踏みだしかけ――……。

「秋良援護！」

「……ッ!?」

俺より先にそう叫んで飛び出したのはイサトさんだった。

砂をけり散らす豪快なスライディングで、イサトさんは男の足元に崩れかけていたアーミットの身体を抱きとめる。血まみれのアーミットの身体を抱いたイサトさんは、すぐさま空中に手を滑らせ……そんなイサトさんに向かって、傍らに立っていた男が再びシミターを振り上げる。びちゃりとシミターから散った鮮血がイサトさんの顔を汚す。その血に汚れた顔が、俺を振り返る。強い色を浮かべた金色の眸《め》。

「……ぁ」

小さく、息が零れた。

まっすぐに俺を見つめるイサトさんへと、男の持つシミターが振り下ろされる。

目の前が赤くなる。

体が熱くなる。

熟した果実のように肌の内側に詰まっていたいのちを散らして崩れ落ちたアーミットの姿が、俺を見つめるイサトさんに重なる。


イサトさんが、死ぬ？

そんなことは認められない。

許せない。


イサトさんが、顔を伏せる。

ただしそれは、己へと振り下ろされる凶器に怯《おび》えたからではない。その証拠にイサトさんの指先は虚空を滑っている。インベントリから何かを取りだそうとしているのだ。今にも自分に向かって振り下ろそうとされているシミターのことなど、考えもしていないとでも言うように。

いや、違う。

イサトさんはなんと言った？

『秋良援護！』

イサトさんは、俺に援護を頼んだのだ。

俺は何だ？

騎士だ。

前衛だ。

前衛の務めは――……。

「させるかよ!!」

今度こそ俺は大きく踏み込み、腰の大剣を引き抜きがてらその抜刀の勢いでイサトさんに向かって振り下ろされたシミターをはじく。

否、はじこうと思ったのだ。

そのつもりで俺は大剣をシミターに当てに行ったのだが……、結果どうなったのかというと、俺の大剣はいともやすやすと男のシミターをすっぱりと切断してしまっていた。

ほとんど腕には感触すら伝わらなかった。そのまま俺は返す刀で、男がアーミットにしたように脳天から袈裟《けさ》斬りにしてやろうと大剣を振り下ろす。

恐怖にひきつった男が助けてくれと叫ぶ。

頭の中がふつふつと煮えたぎっているのに、その一方で俺は妙に冷静だった。

お前はアーミットに命乞いを許したか、というのが、必死の命乞いに対して抱いた感想だった。

人を一人殺そうとしているのに、そんなことしか俺は思わなかった。思えなかった。俺の振り下ろした刃が、男の顔面に、肉に沈みかけ……。

「殺すな！」

背後からかかったイサトさんの声に、俺はぴたりとその手を止めた。男の顔がどろりと血で汚れていくのが見えたので、おそらく2㎜くらいはイってしまったような気がする。恐怖で意識を失ったのか、男がどしゃりと膝から崩れて地面に倒れた。それを見届けてから、剣を引く。

「なんで」

「ひとごろしは、なるべくしない方向で」

「あいつは殺したのに？」

「殺してない」

「助かった？」

「ああ」

振り返る。

イサトさんの腕に抱かれた血塗れのアーミットが、何が起こったのかわからない、といった様子で緩く瞬いている。血塗れではあったものの、無残に断ち斬られた傷跡は微かにも残っていない。

その代わり、何故かアーミットの顔は液体に濡《ぬ》れていた。

……ポーション、飲ませたんじゃなくてかけたのか？

そんなことを思いつつ、俺は「はー……」と深く息を吐いた。

良かった。本当に良かった。アーミットは助かった。死んでいない。傷跡も残らなくて良かった。

女の子の顔に傷が残るのはよろしくない。

強張っていた体の力が緩むのに合わせて、俺は持っていた大剣を地面に突き立てて、深々と息を吐いた。それから顔をあげて、女将さんへと振り返る。

「女将さん、アーミットを連れて避難してください」

「あ、あなたたちは……っ!?」

「無双モードです」

きっぱりとイサトさんが言い切った。

でもそれ、おかみさんには絶対通じない。

「ここは俺らがなんとかします。女将さんは早く逃げてください。安全なところまでは、俺とイサトさんで援護しますから」

「いや、ちょっと待った」

「イサトさん?」

「護衛ならちょうど良いのがいる」

こんなすぐに試すことになるとは思わなかった、とぼやきながら、イサトさんがすっと中に手を滑らせる。それと同時にその手の中に現れたのは、妙に禍々しいスタッフだった。

確かあれは南の方のエリアボスドラゴン、ダークロードのドロップ品だ。この禍々しさがたまらん、とおっさんが愛用していた。見ないと思っていたら、インベントリにしまっていたらしい。

イサトさんは、トーン、と軽やかにスタッフの柄を地面に打ち付けた。そして、ゆるくスタッフを一閃《いっせん》。それはいつも、ゲーム画面で見ていた動作だった。

「――…フェンリル」

呼ぶ声に応じるように咆哮が響きわたる。

魂を揺さぶるような、人間の本能に根差した恐怖や警戒心をかきたてる声だ。

ふっと一陣の風が吹き抜けると同時に、だしん、とその図体にしては軽やかな音をたてて白銀の毛並を持った巨大な狼がどこからともなく俺たちの目の前に降り立った。月明かりをはじく銀の毛並みも美しい、イサトさんお気に入りの魔狼だ。ゲームの中ではおなじみの存在だったが、こうして現実として目の前に立たれるとものすごい威圧感をおぼえる。喰われる心配はないとわかっていても、身構えてしまいそうになった。大きさとしては日本で一番有名な山犬サイズ、といったところだろうか。ちなみに息子たちの方ではなく母親の方だ。これだけ大きいのだから、獣臭さを感じるかと思いきや、意外なことに生きている動物めいた匂いは感じなかった。流石《さすが》は召喚モンスターだ。

「……これだけ格好つけて、失敗したらどうしようかと思った」

なんて言いつつ、イサトさんはすり寄ってくるフェンリルの首筋をわしゃわしゃと撫《な》でてやっている。ふかふかと柔らかそうな毛並に、つい目が吸い寄せられるが今はそんな場合ではない。

「フェンリル、ちょっとこの二人を護衛してやってくれないか。目的地までついたら、戻っておいで」

「くふん」

返事はちょっとかわいらしい鼻鳴きだった。

驚愕《きょうがく》を通り越して呆然自失としている女将さんとアーミットを二人がかりで、大人しく伏せたフェンリルの背に乗せる。

「よし」

GO、と軽くその首筋をイサトさんが叩くと同時に、フェンリルは二人を乗せて走りだす。

それを見送って、ふとイサトさんが俺をなんともいえない目で見ていることに気がついた。

「……何」

「君は……意外とキレやすい男なんだな」

「む」

キレやすい、といわれるとなんだか触るもの皆傷つけちゃう系男子のようだ。

そんなつもりはないんだが。

「あんなナチュラルに相手を殺す覚悟を決められる人を、私は初めて見たぞ」

「ええー」

うーむ。もしかしなくとも、イサトさんにどん引かれてしまっただろうか。

怖がらせてしまったか？

少しだけ、ひやりと指先から体温が逃げたような気がした。

そんな俺の腕を、ぽんとゆるくイサトさんが叩く。

きっと、それが俺の抱いた疑問に対する返事なのだろう。

触れられたところから、じんわりとイサトさんの体温が伝わってくるような気がする。落ち着く。人の体温。命のぬくもりだ。

「イサトさん、フェンリル戻ってないけど大丈夫なの？」

「ふっふっふ、こう見えて私は一応ダークエルフなのだ」

「こう見えてというかダークエルフにしか見えないけどな」

「うるさいな」

イサトさんが、すちゃりとスタッフを構える。

先ほどの俺と盗賊Aの戦闘からわかるとおり、おそらく俺たちはこいつらよりはるかに強い。こいつら相手にならば、イサトさんの精霊魔法もむしろやりすぎなレベルで効果があることだろう。

……と。

「秋良青年は木の棒な」

「えええええ」

ぽい、と無造作にイサトさんが拾った木の棒を俺に向かって放り投げてきた。

いろいろ不満はあるものの、確かにあの大剣を振り回して相手を殺さずにすむ気がしない。打ち合ったところからそのまま相手を剣ごと切り捨ててしまいそうなのだ。

仕方ないので、大剣をインベントリにしまい、木の棒を握る。まさかこんなところで「ひのきのぼう」を装備することになるとは思わなかった。

ワンピースのように召喚士装備（上）を靡かせ、禍々しいスタッフを構えるイサトさん。

丈がぎりぎりなのが、余計にもともとそういうコスチュームであるかのようで、それなりにハマっている。月光を織りあげたような銀髪を靡かせ、金色の双眸で索敵にいそしむ様はいわゆる悪墜ちしたヒロインのようだ。

一方その傍らの俺ときたら、木の棒を握っているだけだというのだからどうにも格好がつかない。

「くっそう……」

唸《うな》っていると、傍らのイサトさんがそっと手を伸ばして俺の頭をぐしゃぐしゃと撫でてくれた。

「今度は私が君に木刀を買ってあげよう」

「100エシルの？」

「そう、100エシルの」

「仕方ない、それで手を打つか」

そんな会話をのんびりとして。

俺とイサトさんは盗賊殲滅《せんめつ》戦に赴くのだった。

＊　　＊

盗賊殲滅戦は、限りなく順調に進んでいた。

「イサトさん、そっちに一匹いった！」

「盗賊のカウントは匹でいいのか」

「畜生にも劣る、的な？」

「なるほど？」

ぶんっと何気なく振るわれたイサトさんのスタッフが、したたかに正面から盗賊の横っ面を殴り倒した。それほど威力があるように見えない一撃だが、喰らった盗賊は立ち上がれなくなっている。効果は抜群だ。

この世界に迷いこんで初の戦闘ということもあり、最初はお互い気を配っていたものの、盗賊どもの戦闘力がわかるにつれて次第に緊張は程よく緩んでいた。今ではお互いに雑談を交わしながら、ひょいひょいと盗賊の無力化を続けている。

精霊魔法使いであり、召喚士であり、物理戦力としてはカウント外になりがちなイサトさんの物理攻撃が十分通用しているあたりで、盗賊どものレベルはお察しである。あえて試そうとは思わないものの、攻撃を喰らったところでもダメージは皆無だろう。

そんな中、ふとイサトさんが顔をあげた。

「秋良青年、盗賊は君に任せても良いか」

「イサトさんは？」

「私は火消しに走ろうかと」

火消し、なんて言われると何の不祥事が炎上しているのかと思ってしまうものの、俺も顔をあげてすぐに納得する。

暗い夜空に、再びぱちぱちと火花が細かく躍っていた。

盗賊らは最初、混乱に乗じて攻め入るつもりで村に火を放った。そちらは戦闘が始まってすぐに、イサトさんによって消火済みだ。そして、今再び上がり始めた火の手。きっと、盗賊らが逃げる隙を作るために悪あがきをしているに違いない。

「一人で大丈夫そう？」

「危なくなったら君を呼ぶよ」

「そうしてくれ」

イサトさんの物理攻撃で倒せる相手とはいえ、何があるかはわからないのだ。

くれぐれも危ないことはしてくれるなよ、と念を押した後、俺とイサトさんは二手に分かれて行動を開始した。

イサトさんがいる所を中心に、その周辺から盗賊連中を狩って行く。

どれくらいそうしていただろうか。

「……？」

視界の端を、何かが動いた気がしてそちらへと目を向ける。

そこにいたのは、黒衣のローブを目深に被った男だった。

「あんたも盗賊の一味か」

「…………」

男は答えない。

……なんだろう。

特に武器を構えているというわけでもないのに、目の前にいる男からは得体のしれない気持ち悪さを感じた。威圧されている、というのとは違う。怯《ひる》まされているわけではない。ただ、なんとなく近寄りたくないと感じる。生理的な不快感とでも言えば良いのだろうか。特に何が原因というわけでもないのに、その黒ローブ姿の男を薄気味悪いと思ってしまうのだ。

さっさと他の盗賊連中のように気絶させて、捕まえてしまおう。

考えるのは後に回して、俺は行動に出ることにした。

一息に男の元へと踏み込み、手にしていた木の棒で意識を刈り取るべく打ち込んで……、

「……っ」

俺は息を呑《の》んだ。

男は、俺の振り下ろした木の棒を苦痛の呻き一つなく、腕で受け止めていた。

木の棒を握る手には、生木を殴ったような反動が伝わってきている。

こちらも殺してしまわないようにとある程度力加減はしていたが、それでも当たれば意識がトぶ程度の力はこめている。それを生身の腕で受け止めて、声一つあげないなんてことがありえるだろうか。こいつ、やっぱり気持ち悪い。

俺は、素早く一歩退いて男から間合いを取る。

ローブの下から覗《のぞ》く口元は、ただただに無感情だ。苦痛に呻くどころか、表情一つ変わっていない。

「……気持ち悪ィ」

声に出して呟いて、俺は再び木の棒を構えた。

本当ならば大剣に持ち替えたいところではあるのだが、さすがにいくら不気味な相手だとはいえ、丸腰の相手にあの大剣は使えない。かくなる上は木の棒で死なない程度にうまく無力化して、捕まえるのみだ。

ふ、と短く息を吐いて俺が踏み込むのと、男が身を翻すのはほぼ同時だった。

「この…ッ！」

逃がしてたまるか、と俺は追いすがり、その背へと向けて木の棒を振り下ろす。

逃げる相手を背後から攻撃するなんて如何《いかが》なものか、なんてちらりと思ったが、背に腹はかえられない。

が、そこで俺は再び度胆を抜かれた。

振り下ろした木の棒が背中に当たる寸前、男がこちらを振り返ったのだ。

それだけなら別に問題はなかった。逃げることよりも迎撃を優先したのか、で終わる。

では何が問題なのかと言うと、男は足を止めなかったのだ。つまり、下半身は変わらず前方に向かって逃げながら、上半身だけがぐりんと回転して俺を振り返った――……ように見えた。

それぐらい、上半身と下半身の動きが不自然だった。

後ろを振り返りながら走ることも不可能ではないだろう。

だが、全く影響を受けずに走り続けることが出来るか、と言われればノーなのではないだろうか。

少なくとも、俺にはそんな動きは無理だし、出来る人間がいるとも思えない。

男は目を瞠《みは》っている俺に向かって、ニタリと嗤《わら》った。

口が裂けたかのように吊り上がる。

そして、腕が一閃。

「く……ッ!?」

長くしなる、鞭《むち》のようなものが伸びてきた。

慌てて木の棒でその攻撃を浮けようとしたものの、相手のトリッキーな動きに惑わされたこともあってガードが間に合わない。がつ、と木の棒に掠めるような衝撃を感じた次の瞬間には、頬に熱が生まれていた。

——届いた。


俺は目を瞠る。

相手の攻撃が、俺に、届いた。

微かに肌を切ったのか、頬にはチリとしたあえかな痛みが残っている。

ダメージとしては無視しても構わないほどの微量。

けれど、『俺に攻撃が届いた』という事実は無視出来なかった。

ＲＦＣにおける俺は、前衛として攻撃力はもちろん防御力にも力を入れたキャラメイクを行っていた。敵の攻撃から味方を護る壁もやりつつ、先頭に立って敵を殲滅する。それが、俺の役割だった。だから、俺はそれなりに硬いし、この辺りのモンスターが俺の防御力を超えた攻撃力を持っているわけなどないとたかをくくっていた。


——でも、届いた。


この世界で初めて感じた攻撃される痛みに、俺の感情がぐらりと揺れる。

ありえないはずの出来事に対する怒りなのか、自らの命を脅かされることに対する恐怖なのか。

例えもし本当に異世界に飛ばされたのだとしても、ゲーム内のステータスをそのまま引き継いでいるのならば、なんとかなると思おうとしていた。元の世界よりも死ににくく、強くなったぐらいなのできっと大丈夫だ、と。

けれど、その前提が崩れる。

こんな初心者向けのエリアに、俺に攻撃を通すことの出来るモノがいる。

不用意に手を出して良い相手ではない。

そう判断して俺は深追いはしないでおこうと思いかけるものの……。

「……あ」

小さく、声を上げた。

俺相手にダメージを与えられるということは、こいつの攻撃はイサトさんには確実に通る。

あの人は紙装甲極まりないのだ。

こいつは、イサトさんを殺す可能性を秘めている。


ここで仕留めよう。


俺はぽいと木の棒を捨てると、インベントリから大剣を取り出して腰だめに構えたまま男を追う。

男が逃げる先にあるのは燃え盛る家だ。目くらましに使うつもりなのか。そこに逃げ込まれてしまえば、俺は後を追えなくなってしまう。一瞬脳裏にポーション連打のゴリ押し戦法もよぎったわけだが、追跡で通り抜けるだけならまだしも、万が一敵と燃え盛る家の中で戦闘になった場合を考えると、その手は使えなかった。どう考えてもポーションが途中で尽きる可能性の方が高い。

だから、相手が火に紛れる前に決着をつけたい。

「……ッ逃げんな！」

唸るように低く吼《ほ》えて、その背に向けて一太刀浴びせる。

その寸前、微かにイサトさんの「殺すな」と言った言葉を思い出したような気もしたが、俺は迷わなかった。躊躇《ためら》いなく、男の背に大剣を打ち込む。

俺の振るった大剣はやすやすと相手の胴体をぶった切り――――……というわけにはいかなかった。ち、と舌打ちを一つ。盗賊の剣を切り飛ばすだけの切れ味を誇るこの剣ですら、斬り伏せられないあたり、やはりこの男は油断ならない。男の身体が衝撃にのけぞり、よろけ……そのまま崩れかけた燃え盛る家の中へと転がり込んでしまった。くそ。俺が相手を火の中にぶちこんでどうする。

せめて男をこちら側に引き戻すことぐらいは出来ないかと思うものの、近づいた俺を威嚇するように、ばちりと炎が爆《は》ぜた。そして、思わず身を引いた俺の目の前でぽっかりと口を開けていた入口が焼け落ちる。ぶわっと舞った熱気と火の粉に、俺は腕で顔を庇いつつ一歩後退った。この炎の中に飛び込んで、生身の人間が生きていられるとは思えなかった。それ以前に、俺が最後に浴びせた一撃のダメージもある。普通の人間ならそこで死んでる。

そう思うのに……何故か俺の眼裏には、黒ローブの男が無表情のままむくりと身体を起こして歩きだす姿が鮮明に浮かんでいた。

ああ。

きもちわるい。

＊　　＊

騒乱の夜から一夜あけて。


「……ん」

瞼の向こうが白々と明るくなったのに気付いて、俺は小さく唸りながら数度瞬いた。砂漠の強烈な日差しは、まぶしいを通り越して目が痛い。

「ま、ぶし」

ごろ、と寝がえりを打って日差しから逃げようとしたものの、右の腕の付け根を押さえ込まれているせいで、左側に転がることはできなかった。仕方がないので、押さえ込まれている方向にむかってごろり。

まだ明るくはあるが、日差しの直接攻撃を喰らうよりはよっぽどマシである。ふー、と息を吐いて人心地。

そして、鼻先を妙に良い匂いが掠めることに気付いた。

なんだろう。花の匂いに似ている。って、砂漠に花？

ぱち、と瞬いてみれば、まず最初に目に入ったのは艶々とした銀髪の頭頂部だった。

「…………」

当然俺には人の生首を抱えて眠る趣味はない。

「……イサトさん？」

そう。俺の腕を枕にすいよすいよと気持ちよさそうな寝息をたてているのはイサトさんだった。

どうしてこうなった。

「えーと……？」

昨夜、気持ちよく寝ているところを盗賊の襲撃で叩き起こされ……、アーミットのことがあった、ところまでの記憶は確かだ。

そのあと何がどうなったんだったか。

「あー……、そうか、駆除だ駆除」

『ひのきのぼう』もとい落ちてた木の棒にて盗賊を片っ端からぶちのめしてまわり、イサトさんは精霊魔法にて消火活動にいそしんでいたのだ。

途中得体の知れない気持ち悪い男と一戦を交えたりもしたが、盗賊自体はせいぜい20～30程度の

数しかいなかったので、制圧にはそれほど時間がかからなかった。

問題はその騒動や、盗賊が放火した明かりにつられて集まってきたモンスターだった。

砂漠はＲＦＣにおいては初心者エリアなのでそれほど強いモンスターはいない。そのほとんどが非アクティブで、こちらが手を出さない限りは襲ってくるようなことはないのだが……その中に初期プレイヤー泣かせのヤツが一種いるのである。

その名もそのままデザートリザード。

プレイヤーの間では砂トカゲ、という呼び名で定着している。

俺たちの世界でいうコモドドラゴン的なフォルムで、のさのさのさっとしたその見た目のわりに意外と素早く接近しては咬みつき攻撃を仕掛けてくるという厄介なモンスターだ。さらに、通常咬みつき攻撃に二割程度の確率で毒が発生するあたりがますます憎たらしい。

ここまでとんとん拍子でモンスターを倒してレベルを上げてきた初心者プレイヤーの最初の壁となる憎まれ役である。

ちなみにドロップ品はフルーツパフェだ。そのあたりは二次元のネトゲだったので違和感はなかったが……。こうして三次元のリアルになったらどうなるのかと思っていたら、こっちでも真面目にフルーツパフェだった。大の男ほどの大きさもある砂トカゲをしばき倒したら出てくる可愛らしく盛りつけされたフルーツパフェのシュールさといったらなんとも言い難い。

逆にゲームと違っていたのは、モンスタードロップからエシルがなくなっていたことだった。最初はたまたま俺のドロップ運が悪いだけなのかとも思っていたが、イサトさんに聞いてもエシルのドロップは一切なかったらしいので、この世界においてはドロップ品はアイテムだけに限られているらしい。

まあ、通貨の流通量を国が管理できない、というのは国家として大変困った事態なので、その辺りは仕方ないのかもしれない。

その砂トカゲが騒ぎに便乗して村に入り込んでは家畜を襲ったりノビてる盗賊を齧《かじ》ったりし始めていたので、そいつらを駆除するのに結局朝方までてんやわんやしていたのだ。

村に攻め込んできた盗賊どもを制圧した後は、村の男たちも一緒になって対策を練っていたのだが……、なにぶん砂トカゲを倒せるのが俺とイサトさんぐらいしかいない。砂トカゲのレベルが確か17~18。プレイヤーであればレベル13以上ぐらいからならなんとか狩れるといったところだろうか。安定して狩るなら15は欲しい。

聞いてみたところ、村で一番の腕自慢、とやらがなんとか1対1で砂トカゲを倒せるか、といったところらしいので、村の男の平均レベルは大体10前後といった感じで考えれば良いようだ。複数で囲めば倒せない敵ではないが、それでも昼ならまだしも夜で視界が悪くなると勝率は下がる。

砂トカゲというだけあって、奴らの表面は砂に色と質感を似せた保護色なのだ。背後から接近されて毒でも喰らってしまえば、死に至りかねない。

そんなわけで村人たちには砂トカゲを探す任務にあたってもらい、見つかったら俺たちのどっちかを呼んでもらって始末する、というパターンで朝までかかって村の中に侵入した砂トカゲを駆除することに成功したのである。

あの薄気味悪い男のこともあるので、出来るだけ単独行動は避けたいところではあったのだが……そこはそんなに広くはない村の中に限ったことであったたし、効率を重視する方向で話がついた。たまに村人が砂トカゲの不意打ちアタックを喰らって負傷したり毒が発生するというアクシデントもあったが、その辺はイサトさんの呼びだした朱雀に対処して貰った。

その後もうダメ眠い、とすでに半分夢の世界に片足突っ込んでるイサトさんをひきずって、なんとか形を保っていた納屋にもぐりこみ――……。

今に至るというわけだ。

雑魚寝、という形で藁《わら》に倒れこむように撃沈したところまでは覚えているが、いつの間に懐に潜り込まれたのだろうか。腕枕にされている方の指先をちょいちょいと動かしてみる。痺《しび》れて動かない、なんていう情けないことにはなってないので、そんなに時間はたっていないのかもしれない。

というか、この状況はいろいろよろしくない気がする。これでも俺は健全な若い男なのである。健全な精神は健全な肉体に宿るわけなので、俺も非常に健全なのである。もう健全過ぎるぐらいに超健全。それでもってこの状況。

藁の上とはいえ、腕の中には年上の褐色美女が気持ちよさそうに寝息をたてているこの状況はなんというか我慢値というか忍耐値的なものに対する挑戦としか思えない。角度的には天使の輪の浮かぶ銀髪ぐらいしか見えないのがちょっと残念だったりもするわけなのだが……、鼻先をかすめる甘い香りだったり、腕に感じる重みはなかなかに贅沢《ぜいたく》だ。

時折「ん……」だとか悩ましげに唸っては、ぐりぐりと俺の胸元に額を擦り付けてくるのがたまらない。

そのままいろいろやらかしそうになるぐらいには可愛い。

というかこの状況で俺が何かしてしまったとしても、情状酌量で無罪を勝ち取れる気がする。俺の中の内なる陪審員はすでに満員一致で無罪判決を掲げている。

どさくさまぎれに抱きしめてみても良いだろうか。

おっぱい揉《も》むのは我慢するから。

「…………」

ごくり、と喉を鳴らして俺はそろそろとローブに隠れた華奢な腰へと腕をまわし……。

――コンコン、とノックの音がした。

＊　＊

「ご、ごめんなさい……!!　私ってば、お二人の時間を邪魔してしまって……!!」

「いやいや、全然」

そのまま前屈運動でもするのか、というほどに頭を下げているアーミットに対して、イサトさんはひらひらと手を振ってみせる。

イサトさん的にはアーミットが俺たちを起こしてしまったことで慌てているのだと思っているのだろうが……。

実際にはアーミットが見たのは、腕枕で寝ているイサトさんに向かって覆いかぶさるように腕を伸ばしかけた俺の姿である。

まあ何を誤解したかは推して知るべし。ちなみに俺は「うわっひょい！」と奇声をあげて飛び起きた。

どうしよう、と助けを求めるように俺へとアイコンタクトを飛ばしてくるアーミットに、俺は笑って顔を横に振る。イサトさんは知らなくていいことである。むしろ知られたらまずい。

「というか……、身体平気か？」

話を変えるべく、俺はアーミットに体調を聞いてみる。

イサトさんの持っていた上級ポーションのおかげで綺麗に治ったとはいえ、彼女は盗賊に切り捨てられたのだ。

あれは死んでもおかしくない重傷だった。

「おかげさまでぴんぴんしています！　母さんが、私が今こうして生きているのはお二人のおかげだって……、助けてくれて本当にありがとうございました」

「いやいや、俺は何もしてないよ。ポーション使ったのはイサトさんだし」

「盗賊ぶちのめして仇《かたき》をとったのは君じゃあないか」

実際にはぶちのめすというよりイサトさんに止められるまでは完全に殺す気だったが。

「そういや……、あのときイサトさんアーミットにポーションぶっかけてなかったか？　ポーションってかけても効果があるもんなんだな」

「よくファンタジー小説でかけても効果あるっていう設定を見ていたからな。それで試してみたんだよ。アーミットがポーションを飲み下す余裕があるかわからなかったから」

「ああ、確かに」

盗賊に斬り捨てられたアーミットは、死に瀕《ひん》しているように見えた。

あの瞬間まだ死んでいなかったとしても、数秒の内には命を失ってもおかしくないほどにアーミットの身体は壊されていた。

口にポーションを含ませたとしても、果たして飲みこむことが出来たかどうかは確かに怪しい。

「ＲＰＧゲームなんかで、メンバーのＨＰがやばいときに、他のやつが回復アイテム使って回復させてやったりするじゃないか。あれ、戦闘中にどうやって飲ませてるんだろうって思ったことないか？」

「あまり気にしたことなかったけど……、言われてみればそうだな」

「だからかけても効果がある、って形でつじつまを合わせてる話が多いんだよ。そんなわけでまずは即効性を狙ってかけて、それから飲ませてみたんだ」

「あ、飲ませてもいたんだ？」

「一応な」

口移しで飲ませたんだろうか。

そんな余裕がなかったのは重々承知だが、是非見ておきたかった光景である。

それはさておき、俺ももしイサトさんに何かあったときにはまずはぶっかけよう。

「傷は残ってない？」

「はい、母さんが見てなかったら、たぶん私悪い夢だったと思っちゃってたと思います」

「あんなの悪い夢で良いんだよ」

「だね」

自分たちの暮らしている平和な村に盗賊が攻め込んできて、命まで奪われそうになる、なんていうのは悪夢だけで十分だ。

それにしても、傷が残らなかったというのは本当に良かった。

アーミットは年齢としては12、13歳ぐらいだろうか。イサトさんとはまた種類の違う、健康的に焼けた小麦色の肌をした愛嬌《あいきょう》のある少女だ。まだ少し子供らしさが残っていて、笑うととても可愛いらしい。こんな妹がいたら良いな、と思うタイプだ。

そんな未来が楽しみな女の子の顔や体に傷が残らなくて本当に良かった。

「あ、あの……っ！」

「ん？」

そんな笑顔が可愛いアーミットがへにゃりと眉を八の字にした。

なんだなんだ。どうした。

「母さんがきっとものすごく高価な回復ポーションだったんじゃないかって。あのっ、私、出来ることなら何だってして恩返ししますから……!!」

泣きだしそうな顔でそんなことを言い出したアーミットに、俺とイサトさんは顔を見合わせた。

確かにあれは上級ポーションであり、店で買えばそれなりの値段はするものだ。

一本でＨＰが５０００も回復する優れ物。お値段は一本で１００００エシルだったか。

単品で考えると目の玉が飛び出るほど高い、というわけではないが……、大量に買い貯めることを考えると、ちょっと考えものなお値段ではある。イサトさんみたいな紙装甲がショートカットキー連打で使うにはちょっと辛い価格だ。実際ゲーム内のイサトさんは一時期それでポーション破産しそうになっていたぐらいだ。

ＲＦＣでは店売りの回復アイテムが比較的高価に設定されているのである。効果が高くなれば高くなるほど、それは顕著だ。

その理由としては、デザートリザードがドロップするパフェのように、モンスターが食べ物をドロップする確率がかなり高く設定されていることがあるだろう。ああいった食べ物アイテムは、プレイヤーが使うことでＨＰを回復することができるのだ。

Ｑ：
初心者です。
チュートリアルで貰ったポーションを使いきってしまいましたが、店で売ってるポーションは高すぎて買えません。どうしたらいいですか？

Ａ：
砂でも食ってろ。

そんな会話がＲＦＣの攻略サイトのＱ＆Ａコーナーにあったぐらいだ。
砂、というのは砂漠のノンアクティブモンスター、デザートフィッシュがドロップする「砂にぎり」などという胡散《うさん》臭い寿司の略称である。つまりデザートフィッシュを狩りつつ、被ダメはデザートフィッシュがドロップする「砂にぎり」を食って乗り切れば、基本的には店売りの回復アイテムに頼らなくても経験値を稼ぐことができるのだ。
それなら高い店売りの回復アイテムなんて買わなくてもいいんじゃないか、と思うだろう？

――……俺にもそう思ってる時期がありました。

っていうかたぶんＲＦＣのプレイヤーは皆同じ道を通ってる。

問題があるとしたらただ一つ。

食べ物系アイテムは、ポーションなど薬品系アイテムに比べて重いのだ。

前も話したような気がするが、ＲＦＣにおいて一人が持てるアイテムの量はその重さで決まる。

アイテムの一つあたりの重さが軽ければ軽いほど、量が持てるのだ。

モンスタードロップの食品アイテムでも、ＨＰを５０００回復してくれるものはあるが……、そういったものは一つあたりの重さが「５～７」だったりする。それに比べて店売りの回復ポーションは、全て重さが「１～２」で設定されているため、量を持ちたいならポーションの方が使い勝手が良いのだ。

回復アイテムが尽きるために補充で街に戻らないといけない手間を考えると、できるだけ多くの回復アイテムを持っておいて街を出た方が効率は良い。そんなわけで、お財布事情に優しくないと分かっていつつも店売りのポーションを買うユーザーは多いのである。

イサト：金がない。

アキ：どうしたよ。

イサト：ポーション破産した。
リモネ：ｗｗｗｗｗｗｗｗｗｗｗｗｗｗｗｗｗｗｗｗｗｗｗｗｗｗ

なんて会話が何度繰り返されたことか。

おっさん――というかイサトさん――はものぐさなんである。

ただそのものぐさを斜め上の方向で発揮するのがいつものことでもあるのだが。

「それな、私が作ったやつだから気にしなくて大丈夫だよ」

「え……っ!?」

そう。

店でポーションを買っていると破産する、と悟ったイサトさんは、いきなり薬師に転職してスキルを入手し始めたのだ。

買うと高いから自分で作れるようにスキルを手に入れる。

それは考え方としては大きく間違っていないのだろう。

だが、ＲＦＣの中ではそれを実行しているプレイヤーはそう多くはなかった。

理由は簡単である。

面倒くさいのだ。

スキルを入手するまでキャラを育てるのが、本当に面倒くさい。

ＲＦＣにおいては、レベルによってスキルが制限されている。

スキルロールを購入し、それを使うためには求められる条件をクリアしなければいけないのだ。

俺はメインジョブは『騎士』だが、実はサブで『商人』というジョブも持っている。

『商人』がレベル10で覚える「話術」というスキルがあると、ＮＰＣから商品を買うときにいくらか割引されたり、逆に自分がＮＰＣに何かを売るときには同じだけ割り増しして買って貰えるようになるのだ。

一度覚えたスキルはメインジョブがなんであれ使うことができるので、持っていると非常に便利だと言える。

だが。だが。

その使えるようになるまで、がめちゃくちゃ面倒くさいのである。

『商人』のレベルが10にならなければ、スキルを手に入れることはできない。なので、まずは『商人』としてのレベルを上げないといけないのだが……。

ＲＦＣでは戦闘時の経験値等は基本的にはメインジョブのものとなる。サブジョブに分配されたりはしないのだ。『商人』としてレベルを上げたければ、『商人』としてレベル１からまたキャラを育てなおさないといけないのである。

他の習得済みのスキルに関してはメインジョブが変わっても使えるので、俺も最初は周りが言うほど面倒というわけでもないんじゃないのかと思っていた。何故なら俺はもうそのとき既にメインジョブの『騎士』はレベル40を超えていたし、その強力な剣技スキルさえ使えればレベル10ぐらいあっという間だと思っていたからだ。

が、現実はそう甘くなかった。

レベル1に戻るということは、ＨＰやＭＰの量もレベル1程度に戻るということだ。そうなると、せっかく覚えてる強力な騎士スキルも、ＭＰが足りずに発動させることができない。そんなわけで、俺は地道に弱小モンスターをぺちぺちと殴り、『商人』で「話術」スキルを覚えた瞬間『騎士』にメインジョブを戻した。

あれは結構なフラストレーションがたまった。

そんなわけなので、イサトさんのやったメインジョブを育てたいが回復ポーションを店で買うと破産するから自分でスキル覚えて作れるようにする、というのは、真っ当なことを言っているようで相当な遠回りになる道なのだ。

何せ店で買うことを負担に思うぐらい高品質のポーションを作れるようになるまでには、スキルの熟練度を上げるのはもちろん、『薬師』としてのレベルを結構なところまで上げる必要もある。

そんな寄り道をするぐらいなら、食材アイテムをガン積みしてクエに挑み、こまめに街に戻った方がまだマシだというものだ。

それをイサトさんは実際に上級ポーションを作れるところまで『薬師』のレベルを上げたのだか

ら、この人の「面倒くさい」の基準がわからない。

そういうことばっかりやってるから、なかなかメインジョブのレベルが上がらないんだぞ、本当。

……まあ、その恩恵にあずかってる俺の言う言葉ではないが。

閑話休題。

「あんなすごい薬が作れるなんて、すごい冒険者様なんですね……！」

「うーん……」

アーミットのきらきらした瞳に見つめられて、イサトさんは居心地悪そうにもぞもぞしている。

普段無駄にドヤ顔しているのだから、褒められている時ぐらい堂々としていればいいのに。

「あの……、お二人の名前を聞かせてもらえませんか？」

断る理由もない。

「俺は秋良だよ。遠野秋良」

「アキラ様ですね。トーノ・アキラ様。トーノがお名前ですか？」

「や、違う違う。トーノ、が名字だよ。ファミリーネーム」

「不思議な響きの名前ですね……、異国から来られたんですか？」

「異国って言えば異国、かなあ」

ちょろ、と視線をイサトさんへとやる。

そんなもんでいいんじゃないか、とでも言うようにイサトさんはひょいと肩をすくめた。

「私は伊里だ。玖珂伊里。イサト、が名前だよ」

「イサト様ですね。イサト様は……、その、失礼なことを聞いても良いですか？」

「失礼なこと？　一体何を聞きたいんだろう。年齢なら25で、体重は最近測ってないので不明だが前回は……」

「イサトさんストップストップ」

出鼻をくじかれたアーミットが困ったように瞬いているのを見て、俺はひらひらと手をふってイサトさんにストップをかけた。

しれっとこの人は何を自白しようとしているんだか。

「まあ、そんな感じであんまり気にしないタチなので、聞きたいことがあればどうぞ」

「バストサイズは？」

「ぐーで殴んぞ」

ちッ、ダメか。

しれっと便乗しようと思ったのに。

年齢と体重を言えるならば胸囲ぐらい教えてくれてもいいのにな。

イサトさんと俺の馬鹿な会話に勇気づけられたのか、おそるおそるといった風にアーミットが口を開いた。

「イサト様は……、『黒き伝承の民』なんですか……!?」

「いいえ、ただのおっさんです」

なんだかものすごく身も蓋もない返事を聞いた気がする。

思わず、べちりとイサトさんの頭を軽くはたく。ツッコミ程度に軽やかに。

「……だってなんか黒き伝承の民とかどう聞いてもアレじゃないか、完全に厨二病を患ってらっしゃるじゃないか……」

ぶつぶつとぼやきながら、イサトさんは恨めしげな視線を俺に向けてくる。

それをしれっと黙殺して、俺はアーミットへと向き直った。

「ダークエルフのことをそう呼んでるのか？」

「ダークエルフ……？」

逆にこの名称の方が、アーミットにはピンとこなかったようだ。

……ふむ。どういうことだろう。

RFCの世界においては、エルフ、ダークエルフといった種族名は一般的に使われていたはずなのだが。

「その……、黒き伝承の民、というのはどういう特徴があるんだ？」

「えっと……、褐色の肌に尖った耳をしていて、強力な精霊魔法を駆使するんだそうです。人よりも、精霊に愛されているんだって」

「……ダークエルフ、だよな？」

「……だなあ」

アーミットの口にした黒き伝承の民、というのは俺たちの知るダークエルフの特徴に合致している。

「エルフはいないのか？」

「エルフ？」

「えっと、色違い的な」

ものすごく雑な説明だ。

が、それでもアーミットには通じたらしい。

「『白き森の民』ですか？」

「……これまたこうなんというかかんというか」

うろり、とイサトさんの目が泳いだ。

厨二病的なセンスはあまりお好みではないらしい。

「『白き森の民』は、精霊の力を借りた浄化や、守りの力に優れた種族だったらしい、って聞いたことがあります」

……ん？

何かひっかかったぞ。

同じところにひっかかったのか、イサトさんも何とも言えない顔をしている。

「ちょっとまってくれ。だったらしい、ってのはどういうことなんだ？」

そうだ。アーミットは今エルフについてを過去形で語った。

まるで――……、神代の時代の物語を語るかの口調で。

俺の疑問に対して、アーミットはそれこそ不思議そうに瞬いた。

「『白き森の民』も『黒き伝承の民』も、大昔に途絶えた古《いにしえ》の種族じゃないですか」

あうち。

どうやら俺の隣にいるおっさんは――……、美女なだけでなく絶滅危惧種でもあったらしい。

＊　　＊

エルフやダークエルフが絶滅危惧種であるという新事実に愕然《がくぜん》とする。

ＲＦＣにおいてはかなり人気のある種族で、街や村といったプレイヤーが多く集まる場所を訪れて石を投げればどっちかには当たる、というほどの人口を誇っていたはずなのに……、一体何があったのだろうか。

ますますここが、ＲＦＣの世界観に良く似た異世界であるという可能性が大きくなってきた。

と、そこへ。

「アーミット？　何してるの？　冒険者様たちを呼んできてちょうだいと言ったでしょう？」

そんな声がして、アーミットの背後にあった戸口から一人の女性が顔をのぞかせた。

アーミットの母親で、俺らがもともと泊まっていた宿の女将さんだ。

どうやらアーミットは彼女の言いつけで、俺らを呼びに来たところだったらしい。

「ごめんなさい、母さん」

「もう、すみません、アーミットが。お二人ともお腹がすいたんじゃありませんか？　何もない……、いえ、何もなくなってしまった村ですが、朝食をご用意しましたので召し上がってください」

何もなくなってしまった、と少し悲しげに視線を伏せながらも、女将さんが柔らかな声で俺らを招く。

言われてみれば、どこからともなく良い匂いがしている。

イサトさんが希少種だとか、ここがＲＦＣの世界ではないのか、といったようなややこしい話は後にして、今は朝食にしよう。意識したら急に腹が減ってきた。

ちら、と見やると目のあったイサトさんがこっくりとうなずく。花より団子。とりあえず何か食べたいのは俺だけじゃなかったらしい。

「では――…」

「あ、ちょっとまった」

女将さんの元へと歩みよりかけたイサトさんの襟首をひょいとひっつかんだ。

抗議するように、ぬぁ、と短い謎の鳴き声があがる。

軽く持ち上げるようにすると、イサトさんは首根っこをぶらさげられた猫の仔のようにぷらーんとおとなしくなった。

俺はわりと自分が体格に恵まれた方であるという自覚がある上に、家族内に女性がいないため、どうもその扱いがわからない部分が大きいのだが――……。

ある程度イサトさんなら雑に扱っても良いと思い始めているのは我ながらどうなのだろうか。

まあそれはイサトさん自身が俺に対してそういう扱いを求めているというフシもあると思っている。

イサトさんは「女性」として俺に節度を持って対応されるよりも、ネトゲ時代と同じように「おっさんに対する気やすい扱い」の方を望んでいるように思えてならないのだ。

今だって、イサトさんが本気で嫌がればいくらでも逃げられる程度の力でしか俺はその首根っこを捕獲していない。

「あの、もしできれば、で良いんですが……。この人に何か服を売ってやってくれませんか？」

「服、ですか？」

「この人、ここにつくまでに下ダメにしちゃってて」

「まあ」

言われて今気付いたとでもいうように、女将さんが声をあげる。

今の今までイサトさんは彼シャツ状態で歩き回る痴女だとでも思われていたのだろうか。

「そういうお服なのだとばかり」

「……私はどれだけ見せたがりだと思われていたのか」

女将さんの言葉に、悩ましげにイサトさんが呻いた。

フォローするならば、イサトさんが身につけていたのが召喚士装備だということもそう思われてしまった理由の一つにあげられるだろう。

たっぷりとしたクリーム色の布地を使ったいかにも儀式服といった印象のある上着は、少々短すぎるワンピースのようにも見えるのだ。

実際俺だって、悪の女幹部とかそういうものをイメージした。

「冒険者様のお目にかなうかどうかわかりませんが……」

「ある程度着られればなんでも良いよ。エルリアに行って倉庫にアクセスさえできれば着るものはあるはずだから」

「あれ。イサトさん女ものの服持ってんの？」

「自分の装備としては男物しか持ってなかったが、ドロップ品でいくつか。あと友達に頼まれて作ったけど渡し損ねてたやつとか」

「………そういえばイサトさん服飾スキルも持ってるんだっけか」

「持ってる」

えへん、とイサトさんが胸を張って自慢した。

俺にぶら下げられたままなのでそれほど格好はついていないが。

「……前にリモネがおっさんが服を作るといって旅立って帰ってこなくなったと愚痴ってたのを思いだした」

「だって欲しい服がドロップしなかったんだもんよ」

呆れた口調でぼやいた俺に、イサトさんはぷい、と唇を尖らせる。

なければ自分で作ればいいじゃない、を地で行くイサトさんなのである。

最初知りあったばかりの頃は、欲しいものを手に入れるために努力するなんて勤勉な人だなあ、と思ったものだが、最近は単にこのおっさん我慢できねーな、という結論に落ち着いていた。

例えば俺自身なら、欲しい服があったとして、それが自力で手に入れられなかった場合、まず金の力に頼る。ドロップアイテムというのは、基本的にどんな珍しいものであれ必ずどこかしらで出回っている。需要があれば、必ず供給が生まれるのだ。

次に、金の力を持ってしても手が届かなかったり、タイミング悪く市場に出回ってなかったりした場合。そうした場合に次に頼るのは、身内だ。大体同じレベル帯でつるんでいる身内ならば、自分が欲しいと思うアイテムならば入手している可能性が高い。彼らはまず市場に流す前に、身内で欲しい人間がいれば、と考えてストックしておくことがあるのだ。俺自身も、レア度の高いドロップ品を手に入れたりしたときには、まず身内に欲しい人間がいないかどうかを確認する。相互扶助は美しい。

そして、それでも手に入らなかった場合において、作ることを考えだすだろう。ただ、それにしたって俺ならばあくまで材料を用意して、親しくしている生産スキル持ちに依頼する、という形になるだろう。間違っても自分で生産スキルを手に入れてなんとかしようとは思わない。

が、そこをおっさんは我慢できないのだ。

仲間に聞いて返事が戻ってくるまでの間の「待ち時間」が、おっさんには我慢できない。

欲しいものはすぐ欲しい。

欲しいものがあるのに、そのために何もしないでただ待つことしかできないというのがダメらしい。

実際にかかる時間で考えたら、身内からレスが戻ってくるまでと、自分でスキルを手に入れて作れるようになるまで、なら間違いなくスキルを自力で入手して作れるようになるまでの方が時間がかかる。当たり前だ。レベル1からやり直して、そこそこのレベルまで育てるだけの時間がいるのだから。だが、それでもイサトさんの中では、「スキルを入手して欲しいものを作れるようになるまでのウン十時間」よりも「レス待ちの何もできない数時間」の方が耐えられないものらしい。

ここまで物欲に正直だといっそ清々しいレベルだ。

「だから道具と材料さえあれば……それなりに高レベ装備も自力で作れるぞ」

「……もう本当何でもありだよな、イサトさん」

「もっと褒めるが良い」

「褒めてねぇよ」

そうやって寄り道ばっかりしてるから、メインジョブのレベルがなかなか育たないのである。

正直イサトさんのメインジョブを本来の「精霊魔法使い」で仮定した場合の戦闘力は俺と比べたらカスである。

そもそも「精霊魔法使い」としてのイサトさんのレベルはそんなに高くないのだ。

メインジョブを「精霊魔法使い」に切り替えたら、おそらくRFCのシステムでは俺とパーティーを組むことすら難しい域だ。ちなみにRFCでは互いのレベル差が30以上開くと、パーティーが組めなくなる。養殖、と呼ばれるチート行為をなるべく防ぎたいという運営の措置だろう。パーティーを組むと、通常であれば互いに経験値がプールされた上に、1.1か1.2ほどかけられるのだ。なので、同じレベル帯で組んで狩ると、単独で狩るよりも効率よく経験値を手に入れることができる。

まあ、それにも「吸う」「吸われる」というようなもめごとの種があったりもするのだが。

それはともかくとして、しばらくこの世界にいなければいけないのだと考えた場合、俺はイサトさんの「精霊魔法使い」としてのレベルを上げることを考えなくてはいけないだろう。

理由としては、「召喚士」はいくらレベルを上げても、なかなかイサトさん自身の肉体や戦闘力の強化にはつながらないことがあげられる。

召喚士としてのレベルは、召喚士が召喚したモンスターに指示して倒すことで得た経験値によって上がっていくのだが……、倒したモンスターの経験値がそのままイサトさんに入るわけではないのだ。

そのほとんどは、召喚士が召喚したモンスターのものになる。その代わり敵を仕留めずとも、モンスターを召喚し、何かしらの命令をしただけでも召喚士には経験値が入るようになっているのだ。

そう考えると、召喚士というのはジョブというよりもそれ自体が一つのスキルであると考えた方が概念的には近いのだと思われる。

召喚士のレベルが上がれば上がるほど、召喚対象であるモンスターの覚えるスキルは増えていく。召喚対象であるモンスターは強くなっていく。

だが、その代償であるかのように、召喚士自体の成長はわずかだ。

イサトさんが自分より20以上レベル上のモンスターですら一撃必殺できるのに、自分より10以上レベル下のモンスターにすら一撃必殺されるのはそれ所以だ。

それでも一応イサトさんだって高レベルの召喚士だ。

このあたりに生息するモンスター相手に一撃必殺されてしまう可能性はない。

だが……、昨夜俺が遭遇したあの男。

あの男の攻撃は、俺にすら通った。

俺の知っているゲーム内の知識には合致しないあの男のような存在が、他にも紛れ込んでいないとは限らないのだ。

それに、装備だって問題だ。

早いところきちんとした装備を手に入れない限り、マジモノの「紙装甲」だ。

召喚士装備というのは、そういった召喚士の弱点を補うためにそれなりに防御力を上乗せするタイプのものが多い。

それが身につけられず、本当にただの「服」を来ていた場合、イサトさんの防御力はがくりと下がっていると考えて良いだろう。

「………………」

眼裏に、昨夜の惨劇がよみがえる。

目の前で切り捨てられたアーミット。

何が起こったのかわからないというように見開かれた双眸に宿る絶望と昏《くら》い死の影。

溢れる赤。

もしもあれがイサトさんの身に起きたのなら……、俺は今度こそ冷静でいられる自信はない。

「……おーい、秋良青年」

「んあ?」

「人の襟首つまんだまま難しい顔で考え込むのはやめてくれないか」

「ああ、ごめんごめん」

イサトさんに呼びかけられて、俺はぱっとその襟首をつまんでいた手をといた。

俺がぼんやり考え込んでいる間にも、イサトさんは女将さんとの間で話を成立させていたものらしい。

「じゃあ私はちょっと着替えてくるので……、君は先にアーミットに案内してもらって飯でも食っててくれ」

「了解」

「アキラ様、こちらです！」

「おおっと！」

さっそく俺の手を引いて、食事の場へと案内しようとするアーミットに苦笑しつつ、俺は納屋を後にした。

＊　＊

朝の日差しの下で見る村は、夜の闇の中で見て思っていたよりも酷い有様だった。砂レンガで作られた建物が多いのだが、そのあちこちが煤《すす》けて崩れている。

その責任の一端は俺たちにもあるだろう。

昨夜消火のために、イサトさんは精霊魔法で水を使った。

もともと雨の少ない地域の建物だ。水に弱かった可能性もあるし、水と火災による熱によるダブルパンチが良くなかった可能性も高い。

そんなあちこちガタが来た家々の中央、広場のような場所に食事は用意されていた。というか、食事というよりも雰囲気としては炊き出しに近い。おそらく村のあちこちから無事な食糧をかき集めたのだろう。

俺だけでなく、あちこちに力なく座り込んだ村人たちが、黙々とどろりとしたスープをすっている。

なんとも言えない空気だ。

イサトさんが来るまではここにいるしかないが、あまり長居したい空気ではない。

アキラ様の分をよそってきますね、と駆け出していったアーミットを見送って、そんなことを考えていると……。

「ああ、貴方が昨夜村を救ってくれた冒険者の方ですね。私はこの村で村長をやっとりますアマールと申します」

「こんにちは、冒険者のアキラです」

冒険者、と名乗ることに少々の違和感はあるものの、ここはそう名乗るしかないだろう。

異世界からやってきました、なんて言ってもたぶん話がややこしくなるだけで何の解決にもならない。

俺の前にやってきて村長と名乗ったのは、50代後半から60代前半といった程度の、よく日に焼けた人の良さそうなおじさんだった。

「貴方とその連れの魔法使い様のおかげで、この村はあのならず者共の手に落ちずにすみました。それだけでなく、惜しみなく高価なポーションを使いアーミットの命を救ってくれたとか……。この礼をなんとしたらいいのか」

「いや、俺らも成り行きだったから気にしないでくれ。それにポーションも俺のツレのものだしな。たぶんそれは服でチャラにするんじゃねーかな」

俺はちょっとぼんやり別のことを考えていたので、イサトさんがどういう商談を成立させたのかは知らないが。

「は……?」

落とし所としてはそんなところだと思う。

が、そう思ったのは俺だけだったらしい。

村長さんはぽかんと目を丸くしている。

「そんな……、高級な上位ポーションに見合うような服などこの村には……っ」

「いやー、脱痴女できればなんでも良いと思うぞあのひと」

服の装備としての防御力よりも、今のイサトさんにとって大事なのは面積である。

他に選択肢があるならともかく、ここでまともな服を手に入れられなければ、エルリアまでイサトさんはずっと彼シャツ状態でなければいけないのだ。

俺としてはそのままでもいい気がしてきた。

「あのポーション一つで、王族が参加する夜会でも着られるドレスが買えるでしょうに……」

呆然と呟いている村長さんの視線は、衝撃のあまりにかどこか遠いところを見ている。

それを是非こちらに引き戻すためにも、俺は話題を変えることにした。

「それで……、ああいう盗賊の襲撃はよくあることなのか？」

「……最近増えてきていて、困っているところでした」

ふと思い出したように沈鬱な表情に戻った村長さんがため息をつく。

何でも、あそこまで派手な襲撃はこれまでにはなかったらしい。

砂漠を舞台にいきがったごろつきが、たまに村にやってきて、食べ物や目についた物品をせびりとっていく程度の迷惑行為で済んでいたという。

俺らの感覚でいうと、ゲーセンでたむろって恐喝する程度だった不良たちが、いきなり強盗殺人未遂事件を起こしたようなものだろうか。

「どうして急にあんな……」

村長さんの声は、どこか途方にくれたように響く。

もしかしたら、それなりに面識があったのかもしれない。

困った連中だと思いつつも、いつかは目を覚ましてまともになるとでも思っていたのだろうか。

「徒党を組んでるうちに気が大きくなったのかもな」

一人一人はそう悪意を持っていなくても、集団心理が暴走した結果とんでもないことをやらかすという例は俺たちの世界でもちょくちょく見られたものだ。

「それで、盗賊どもは？」

「今は全員繋いで外から鍵のかけられる納屋に閉じ込めております。エルリアに使いのものを出しておりますので、そのうち憲兵が身柄を引き取りに来るでしょう」

「なるほど」

そこまで話して、昨夜炎の中に消えた気持ちの悪い男の姿を思い出した。

「……全員捕まえることが出来たなら良かったんだが」

火事の現場から死体は見つかっていない、という話は昨日のうちで聞いている。

本音を言うのなら、「全員捕まえられなくて残念」というよりも「あの男を仕留め損なって残念」といった感じだ。両断こそできなかったものの、手ごたえはそれなり感じていたのに、やはり逃げられていたとは。

逃げた盗賊の一味が、返り討ちにあったことをきっかけに更生でもしてくれたならまだ良いのだが……あの男の不気味な佇まいが頭の中にひっかかっていた。

普通ならば仲間が捕まったことを逆恨みしての復讐《ふくしゅう》を怖れなければいけないところなのだろうが、そんな人間らしい感情があの男にあるようには思えなかった。だからこそ、取り逃してしまったことが悔やまれる。あの男は何故、盗賊の一味の中に紛れていたのだろう。

思わずそんなことを考えていた俺の意識を引き戻したのは、心底戸惑った村長の声だった。

「盗賊なら、全員捕縛しているはずなのですが……」

「――……え？」

間の抜けた声が出てしまった。

盗賊は、全員捕まってる？

「その中に黒いローブを被った気持ち悪い男、もしくは背中に怪我を負ってる奴はいなかったか？」

「いえ……、そんな男はいなかったと思いますが。なんなら、確かめに行きますか？」

「ああ、確かめさせてくれ」

どうして、あの男のことがこんなにも気になるのかはわからない。

だが、何故だか放っておいてはいけないような気がするのだ。

あの男を目にした時から感じている不快感が、まるで抜けない棘《とげ》のように引っかかっている。

＊　　＊

盗賊が捕縛されているという納屋に村長に案内してもらって確認したが……。

やはりそこにあの男の姿はなかった。

というか、俺の姿を見るなり「ひッ」とか言うのは如何なものなのか。

人を殺して物を奪う覚悟をしたのなら、その逆も然りだと俺などは思ってしまうのだが。

そして、半ば脅すように確認したところ盗賊たちは口を揃えて、納屋にいるのが盗賊団のメンバー全員だと言うのだ。

じゃあ、あの男は一体なんだったというのか。

謎である。

まさか俺にしか見えていない幻覚的な何かだったのだろうか。

そんなわけはない。あの時頬に感じた痛みは、確かなリアルだった。

今はもうすでに癒えて傷すら残っていない頬を、そっと指先でなぞる。

首をひねりつつ、村の広場に戻ったところで、深皿によそわれたスープを持ってアーミットが戻ってきた。

はいどうぞ、とスープを差し出される。

ありがとな、というと、嬉しそうに笑って……、そのお腹がぐぅ、と鳴るのが聞こえた。

「なんだ、アーミット、食べてないのか？」

「い、いえ、食べました！　アキラ様たちより先に食べました！」

「食べたのにまだ腹が減ってるのか？」

「違いますし！」

顔を恥じらいの赤に染めて、アーミットが頭をぶんぶんと横に振る。

食いしんぼさんか、とからかいかけたものの……、そんな言葉は、村長さんがアーミットを見る不憫《ふびん》そうな視線に喉につかえた。

もしかしなくても……。

「食糧が足りてないのか」

「…………」

「…………」

疑問形というには確信が強すぎる俺の問いに、村長さんとアーミットは二人して黙り込む。

その沈黙こそが答えだった。

「大丈夫ですよ、アキラ様！　私は朝食べさせてもらえました！」

「私は、ってことは食糧が回らなかった村人もいるってことだな？」

「あ……っ」

失敗した、というように口に手を当てるアーミットから村長へと視線を戻す。村長は言おうか言わまいか少し迷い、結局打ち明けることにしたようだった。

「お恥ずかしい話……、この村はもうダメなんですよ」

諦念の滲んだ声音に苦笑が混じる。

いっそう口にしたことで、村長さんは少し気が楽になったように見えた。

「ダメ、とは？」

「カラット村は砂漠の村です。オアシスの水源を頼りに生活をしていますが、食糧のほとんどは月に一度エルリアでまとめて仕入れています。ですが昨夜の襲撃で、その食糧のほとんどが焼かれてしまったのです」

「新しく買う余裕はないのか」

「買っても無駄なのです」

「無駄？」

「見て分かる通り、この村に無事な家は少ないのです。砂レンガは作るのに一カ月以上かかります。この状態では……、一か月持ちこたえられないでしょう」

「……なるほど」

あちこちガタがきている現状、風がふけば砂は入りこみ、夜になれば極寒の冷気が忍びよることになる。

夜風さえしのげないのでは、このままここで村を存続するのは確かに難しいだろう。

「それに、そもそもの食糧を買う余力がこの村にはありません」

静かに首を左右にする村長さん。

衣食住のうちの食と住が壊されてしまえば、なるほど、これ以上村にとどまることは不可能だろう。

だが、俺には疑問がある。

「砂は食わないのか」

「は？」

お前何言ってんだ、という目で見られてしまった。

いかんいかん。砂はあくまでプレイヤー間のスラングのようなものだ。

「確かこのあたりだとデザートフィッシュがいるじゃないか」

「ええ、いますが……」

「あいつら、倒すと『砂にぎり』をドロップするだろ？」

砂にぎり、という名称ではあるが、見た目は立派な寿司である。大トロっぽい謎の物体がシャリの上に乗っている。

毎食同じ砂にぎりを食うというのはちょっと辛いかもしれないが、ここは非常時なので我慢して欲しいところだ。

この村の男衆の平均レベルが10程度。

デザートフィッシュのレベルはせいぜい2～3程度だ。

倒せないということはないと思うんだが……。

「…………」

「…………」

何故俺は村長さんとアーミットの両方に「こいつ頭おかしいんじゃねーの？」的目で見られているのか。解せぬ。

「冒険者様……、お言葉を返すようですがいいですか……？」

「うん。俺何か変なこと言ったか？」

「モンスターを倒せば『女神の恵み』を得られることもありましょう。ですが、そのような幸運に頼って生活するわけにはは……」

「……はい？」

今度は俺が「こいつ何言ってんだ」って顔をすることになってしまった。

『女神の恵み』？

「きっと冒険者様は遠く、まだ神々の恵みが色濃い地よりこの地にやってきたのでしょうな」

そんなものはなかったぞ、現代日本。

「モンスターを倒した際、稀《まれ》にその死体が別のものに変わる……、その現象をこの地では『女神の恵み』というのですよ」

ふむふむ。

ゲームの中では「ドロップ」なんていう一言で終わらせている部分が、この世界ではそういう風に説明されているわけか。

「もともと、モンスター自体が女神の余った力が形を持ったものだという風に言われておりますからな。そういうこともあるのでしょう」

「そういうこともある、ということは、その『女神の恵み』というのは滅多に起こらないのか」

「そうですね……、とても珍しいことだといわれています。神代の時代、はるか遠い昔には当たり前のように人々はその恩恵を受けていたといわれていますが」

「…………」

その言葉を聞いて、一つの疑念が俺の胸に湧く。

「……それは、『黒き伝承の民』や『白き森の民』がいた頃のような？」

はたして――……、カマをかけるような俺の言葉に、村長さんはこっくりとうなずいたのだった。

どうやら俺ら。

異世界トリップと同時にタイムスリップも経験している模様。

＊　＊

ここは――……、俺たちが知るレトロ・ファンタジア・クロニクルの世界じゃない。

最初から、いろいろと違和感はあった。

砂漠の中に俺たちの知らない村があったこと。

アーミットから聞いたエルフとダークエルフがすでに滅んでしまった種族だという話。

そして、決定的なのが村長の言葉だ。

俺たちは、俺たちの知ってるレトロ・ファンタジア・クロニクルのその後の世界に紛れ込んでしまっているのだ。

ここはある意味において未来だ。

「…………」

「冒険者様？」

「いや、なんでもない」

訝《いぶか》しげに俺を呼ぶ村長さんに、なんでもないというようにひらりと小さく手を振ってみる。

が、実際のところはなんでもないどころではない。

ここがレトロ・ファンタジア・クロニクルの世界ならまだなんとかなるかもしれないと思っていた。ゲームのプレイヤーだった俺たちは、ゲームとしてこの世界を理解している。その知識を上手く使えば、この世界でもやっていけるかもしれないと思っていたのだ。

幸い、俺もイサトさんも高レベルプレイヤーに属している。知識と、その力さえあればなんとかなると、そう思っていたのだ。

でもここが俺たちのレトロ・ファンタジア・クロニクルとは違う異世界だとなると……、そうも言っていられない。

ここは俺たちの暮らしていた現代日本と違い、モンスターがいて、冒険が当たり前で、見知らぬ文化の息づく異世界だ。

どこにどんな落とし穴が待ち構えているのか、俺たちにはわからない。

とてもくだらない、どうしてそんなことで、と思うようなことが理由で死ぬかもしれない。

自分が薄氷の上に立ち尽くしているような錯覚に、眉間に皺が寄る。

と、そこに。

「どうした秋良青年。感動するほどアレな味だったりするのか」

さりげなく失礼なことをのたまいながら、イサトさんが現れた。

俺はイサトさんにも状況を説明するべく振り返り……、息を呑んだ。

たっぷりと布地を使った下衣の色は白。だぼっと裾は膨らんでいるものの、足首できゅっと細くなる様がいかにもアラビアンだ。上着は黒の、わりとぴったりとした袖の短いTシャツのようなものを着ている。その上から斜めに羽織っているダークレッドの布はおそらく俺のマントだろう。そして右の手首では落ち着いたオリーブ色の飾り布がふんわりと大きくリボン結びにされている。何かの装備品だろうか。アクセサリーというには大きすぎる。

思わず三秒以上まじまじと見つめてしまった俺に、イサトさんは嬉しそうにくるりとその場で回って見せてくれた。

「どう？　似合う？」

ひらり、とリボンの裾がイサトさんの動きを後追いするように舞う。

その異国情緒溢れる装束は、イサトさんの褐色の肌にはとてもよく似合っていた。砂漠を背景に写真をとったなら、そのままポスターか何かに使えそうだ。

先ほどまでの悲壮な未来予想が、一気にどうでもよくなった。

美人に弱いのは男の常だ。

「うん、よく似合ってる」

「………………」

褒めたのに、イサトさんはなんだか少し変な顔をした。

そして、少しだけその目元が赤くなる。

「……ガチのトーンで褒められると照れる」

とことん芸人属性なイサトさんだった。

この世界にやってきた俺たち、というのは基本的に元の世界にいたときと姿は変わっていない。

イサトさんにはダークエルフとしての特徴や、ゲームのキャラの色を引き継いでいるらしいが、
それは身に纏う色味と、とがった長い耳ぐらいだろう。

そう考えるとイサトさんの美女っぷりはもともとのものということなので……、褒められ慣れて
そうなものだが。

イサトさんは本当に据わりが悪い、といったようにもぞもぞしている。

と。

「イサト様もどうぞ！」

「ああ、ありがとう」

そんなイサトさんに助け舟を出すかのようなタイミングで、アーミットがどろりとしたスープの入ったお椀《わん》を渡した。

それをイサトさんが受け取るのを待ってから、俺はイサトさんが来るまでに村長から聞いた話を共有する。

砂レンガの予備がなく、また新しく砂レンガを造る時間もないためこの村を破棄しなければいけなくなったこと。

既に食糧が不足し始めていること。

この世界が俺たちの知るRFCの時間軸から、かなりズレてしまっていること。

そして、昨夜遭遇したはずなのに、すっかり痕跡もなく姿を消した男の話を。

……なんとなく、今更ながらの罪悪感があったため、男を背中から斬り捨てようとしたことはそっと省略しておく。斬り捨てた事実がなくとも俺の木の棒での一撃を素手で受け止め、俺に微かなりともダメージを与えたということさえ伝えておけば主旨は伝わるはずだ。

俺がそれなりに衝撃を受けたその情報に、イサトさんはスープを啜《すす》りつつ「そっかあ」と軽めの相槌《あいづち》だけで終わらせた。

「……普通もうちょっと動揺したりしないか？」

「うーん、異世界に飛ぶだけでもだいぶトんでもな話だろ？　予備知識が少しあるだけでもまだマシかな、と思ってしまって」

「予備知識、ねぇ」

「秋良はそういう冒険系の、いわゆるライトノベルってあんまり読んだりしない方？」

「ん――……、そんながっつりと読んでるわけではないかな。でも異世界召喚モノが王道、ってのは知ってるぞ」

「その異世界召喚モノだとな、見知らぬ世界にいきなり飛ばされて苦労する主人公ってのも多いんだ。着の身着のまま現代服のままで行くから、得体のしれない魔物として討伐されてしまいそうになったり、良い服を着てるってことで盗賊に狙われたりだとか。その世界の常識を何も知らない温室培養の日本人だから、その世界の悪人に騙《だま》されて奴隷にされてしまったりとかな」

聞けば聞くほど、気が重くなる設定である。

「そこから這《は》い上がっていく、というところに読者はロマンを感じるんだろうが……、まあ、それに比べたら私はだいぶ恵まれてる方だと思うんだよな」

「ＲＦＣの未来という少しは予備知識のある世界だったからか？」

「それもそうだし……、何より秋良がいる」

「……、」

イサトさんの言葉に思わず息を呑んでしまった。

気負いも照れもなく、イサトさんがさらりと口にしたその言葉。

もしもここにイサトさんがおらず、俺一人だったら。

それは、先ほどイサトさんが口にした異世界召喚モノの主人公らの苦労を想像するよりもはるかに気が重くなるものだった。

それに何より、イサトさんの言葉からは俺に対する全幅の信頼が感じられた。

イサトさんは、俺を信じ、俺を頼ってくれている。

一人の男として、異性にそう言って貰えるのが嬉しいというのは当然の反応ではないだろうか。

いいか相手はおっさんだぞ、と言い聞かせたくもなるが、それが間違っているというのは重々承知だ。

イサトさんは美女のふりをしていたおっさん、なのではなくおっさんのふりをしていた美女、なので俺がうっかり異性としてときめく分には何も問題はない。

問題はない……はず、なのだがそれでも「相手はおっさんだぞ」と自分に言い聞かせたくなるのは、相手が今まで気の置けない同性の友人として共に馬鹿をやってきたイサトさんだからだ。

ああクソ、ややこしい。

「その気持ち悪い男とやらは、私も気をつけるとして……二人でなんとか元の世界に戻る術を探さないとなぁ」

「そうだな」

イサトさんの口調に、それほど危機感がないのはあの男に直接遭遇していないからもあるのだろう。俺だって、実際に会っていなければ、火事場泥棒か何かだったんじゃないのか、と聞き流してしまいそうな話ではある。

塩気の薄いスープを、大事そうにちびちびと啜りながら、俺たちはこれからのことについてを話し合う。

「元の世界に戻ることがゴールだとして、これからどうする？」

「ここが私たちの知るＲＦＣからどれくらい後の世界なのかもよくわからないからな。とりあえず大きな街で情報を集めたいところ。あと、どれくらいこの世界にいることになるのかわからないっていうのもあるし、生活基盤も確保したいな」

「生活基盤なら俺ら二人の財産をあわせればなんとかなるんじゃないか？」

二人とも結構な量のエシルを所有しているはずだ。俺だけでも、億に届くか届かないかくらいの額は確実に持っている。

「んん。幸い私たちの持ってるお金はこっちでも使えるみたいだから、そこはあんまり心配してないんだけど……、ただ二人で生きていくだけじゃなくて、情報を集めたりするためにはここの社会生活に溶け込まないといけないだろ？」

「あ、確かに」

誰にも関わらず、二人だけで生きていくなら金さえあればなんとかなるだろう。乱暴な話、俺とイサトさんなら金がなくとも自力でなんとか暮らしていけるだけの力はあると思っている。

だが、それではきっと思うように情報を集めることは出来ないだろう。

この世界に住んでいる人々から情報を集めるためには、彼らの生活の中に溶け込む必要がある。また、変に悪目立ちすると、要らぬトラブルを呼びこんでしまいそうだ。

「一番わかりやすいのは『遠い異国から来た冒険者』ってところかな」

「だな。そうなるとやっぱり冒険者ギルドで登録とかするべきか？」

「たぶん。もともとＲＦＣのプレイヤーの設定も冒険者だったわけだけど……、ここでは使えないような気がする」

「証明できるものが何もないもんな」

「うん」

ＲＦＣにおいては、プレイヤーはチュートリアルの中で冒険者として登録することになる。が、登録したからといって何か証明書のようなものが貰えるわけではないのだ。単に、肩書きとして「冒険者」という名前がプレイヤー情報の欄に加わるだけに過ぎない。

その後ジョブを選択することで肩書きは「冒険者」から俺のような「騎士」やイサトさんのような「召喚士」のようなものへと変わっていくことになる。

一番の基本であり、プレイヤーの初期設定の肩書きが「冒険者」なのだ。

ゲームの中であったなら、ＵＩから相手の情報を開けば相手の名前と肩書きぐらいは確認できたものだが……、ここでは無理だろう。

何度か村人相手にステータス画面が開けないか試してみたが駄目だった。

イサトさんが相手でもそれは同じく、である。

そもそも俺自身のステータスですら開けないのだから、他人のが見えなくてもさもありなん。

……ステータス画面から肩書きを変更することで、ジョブ変更が出来たわけなんだが、そのあたりの処理がこの世界ではどうなっているのだろうか。

そのうち時間が出来たら、イサトさんに試してもらおう。

いや、俺が自分で試しても良いのだが、俺が商人にジョブを変更した場合、今着ている騎士装備がキャストオフしかねない。いきなりパン一で放り出される事態は避けたいので、ここは職業制限のない装備を身に着けているイサトさんにお願いするしかない。ああでもそれだと、ジョブの切り替えが成功したかどうかがわからないのか。今度時間の有る時にでも、部屋でひっそりと試してみるとしよう。

そんなことを頭の端で考えつつ、俺は話題を元に戻した。

「それじゃあまずはエルリアの街を目指して、そこで冒険者として登録できるかどうか試してみるか」

「それが一番、かな。エルリアの街にも冒険者ギルドはあったはずだし」

「うむ」

とりあえずこれで当初の行動指針は決まった。

俺とイサトさんの手の中には空っぽになったお椀がそれぞれ。

スープだけではどうにも腹が膨れたという実感は薄いものの……朝ごはんも食べ終わった。

もう、俺たちはエルリアに向かって出発することが出来る。

が、俺もイサトさんもそれを口に出そうとはしなかった。

顔をあげると、煤けて崩れた砂レンガで造られた家々が目に入る。

食べたりないのか、眉尻を下げて薄い腹を撫でては溜息《ためいき》をついているアーミットがぼんやりと空を眺めているのが見える。

昨夜の騒動でくたびれたのか、力尽きたように座りこんでいる村人たちが、見える。

「…………」

「…………」

何も言わずとも、言葉にしなくともイサトさんが考えていることは手に取るようにわかった。

きっとそれは逆もしかりだろう。

イサトさんにも、きっと俺の考えていることは筒抜けになってる。

「……最後まで面倒みきれないのに中途半端に手を出すのってどうなんだ」

「目先の偽善は自己満足に過ぎない……ってよく言うよな」

二人して、自分自身に言い聞かせるように呟く。

俺やイサトさんの力や、持ち物を使えば今目の前の困窮している人々を助けることは出来るだろう。

だがそれは、今回はたまたま俺たちがいたからだ。

でも次は？

今回の盗賊は捕まえた。彼らはやがてエルリアから送られてくる憲兵にとらわれ、この世界なりの処罰を受けることになるだろう。

だが、砂漠に次の盗賊が潜んでいないとは限らない。

いつまた襲撃され、同じ目にあうのかわからない。

それどころか、盗賊とは違った種類の災難により、再び食糧難に悩むことがあるかもしれない。

それならば無駄に踏ん張るよりも、さっさとこの村を諦めてエルリアに向かった方が、彼らにとっても良いのではないだろうか。

異邦人である俺たちがこの村の現状を改善したところで、長い目で見たときにそれが良い干渉だったのかを今の俺らには判断できない。

だから、躊躇う。

だから、怖い。

何気なく人助けのつもりでしたことが、逆に悪い結果をもたらしてしまうのではないかと、ただそれが怖い。

怖いことを認めることさえ怖いから、やらない理由を探す。

俺たちは異世界トリップしたての、この世界のことなんて何も知らない通りすがりでしかないのだ。

自分たちの起こした行動がこの世界にどれだけの余波を残すのかもわからなければ、それを背負いきれるかどうかもわからない。

ああ、でも。

怖がっていつまでもじっとしたままなんて、きっとつまらない。


「なあ、イサトさん」

「……なんだ秋良青年」

「わるものになんない？」

「……わるもの」

俺の言葉に、にぃ、とイサトさんの口角がつりあがった。

俺が提案した通りの、悪役にふさわしい笑みだ。

「いいな、わるもの」

「いいだろ、わるもの」

俺とイサトさんは交互に呟く。

こういう単語だけで、お互いのやりたいことが通じ合えるというのはいいものだ。

伊達《だて》に長年おっさんとつるんではいない。

俺とイサトさんは悪い笑みを浮かべたまま、ちょいちょい、と近くで俺たちの様子をうかがっていたアーミットを呼び寄せた。

＊　　＊

「俺たちはわるものです」

「わるものだぞ」

アーミットに頼んで呼んできてもらった村長のアマールさんを相手に、俺とイサトさんはえへんと胸を張ったまま宣言した。

「……は？」

村長さんは俺たちが何を言っているのか全くわからないといった風にぽかんとしている。

それから次にその表情に浮かんだのは、隠しきれない怒りの色だった。

村長として村民らの生活を守るためにやらなければならないことが山積みの現状で、呼び出されたあげくに言われた内容が、そんなくだらないことだったのだから、まあ村長さんが暴れたくなる気持ちもわからなくもない。

表情をひきつらせながらも、俺たちに対して一応怒りを隠そうとしたあたり、村長さんは人間が出来ている。

「すみませんが、滅びゆく村の長として私は事後処理で忙しいんですよ」

それでも、声には苛立ちの色が目立った。皮肉げな言い回しも、先ほどの俺と二人きりの会話のときにはなかったものだ。

これ以上怒らせて話を聞いて貰えないというのも困るので、俺とイサトさんは二人して苦笑を浮かべて村長さんへと謝った。

「すみません、ただ村長さんには俺たちの立場を一番よくわかっていて欲しかったもんで」

「……どういうことです？」

「私たちがこれからすることは、善意から行うものじゃないってことをわかってて欲しかったんだ」

「これから行う……？」

俺たちの言い回しに、次第に村長さんの表情に警戒が浮かぶ。

「……貴方がたが何をするつもりなのかはわかりませんが……、この村からはもう奪えるものなど残されていませんよ。……ッまさか」

「いやいやいやいやいやいやいや」

村長さんが、近くで俺たちの会話を聞いていたアーミットをちらりと見て血相を変えたのに、慌てて俺は手を振る。

人攫《ひとさら》い、もしくは奴隷商人とでも言うのか、そういうものに間違えられるなんていうのは冗談じやない。

「えっとこの村が駄目になりそうな原因は、砂レンガが足りなくて家が修理できない、っていうのと、食糧がない、っていう二点なんだよな？」

「ええ……」

「それ、私たちがたぶんなんとかできると思う」

「……は？」

ぽかん、と再び村長さんの目が丸くなった。

「まだ試してないから絶対、とは言い切れないけどな」

「おそらくイケる可能性の方が高いと私たちは思ってる」

「それでどうして……、悪者という話に？」

「俺たちに責任を取るつもりがないからだよ」

「私たちは現状貴方たちが抱えている問題を解決するだけの力を持ってる。でも、それは人助けだから、とか私たちが正義の味方だから、ってわけじゃないのをわかってて欲しい。私たちはたまたま貴方たちを助けるための手段を持っていて、その気になっただけなんだ」

「だから、また何か困ったことが起きたときに次も同じように助けてやれるかどうかはわからない」

「私たちはしたいことをするだけなんだ」

そう。

それが、俺とイサトさんの思いついた『わるものの道理』だった。

俺たちは正義のために村を救うわけではない。

善行をつむために、村を救うわけではない。

ただ単に、俺たちがしたいと思ったことをするだけなのだ。

欲望のままに行動する。

それが、俺たちの『わるものとしての道理』だった。

俺たちがしたことで、何か不都合が発生しても、しらない。

だって、もともと俺たちは「善行」のつもりでしていないからだ。

なるべくフォローはするつもりだが、それでももしかしたら俺たちではどうしようもないことになってしまうかもしれない。

それに対する保険が、「わるもの宣言」だったのだ。

「つまり……貴方たちはこのカラット村を救ってくださるのですか……？」

俺たちの言いたいことを理解したらしい村長さんが震えた声で聞き返してくる。

どことなく漂っていた倦怠感《けんたいかん》がその表情からは消え、代わりになんとかなるかもしれないという希望が見えたことに対する興奮に瞼がぴくぴくと震えていた。

「あくまで趣味でな」

「あくまで趣味の範疇《はんちゅう》で、だぞ」

そんな村長さんへと俺とイサトさんは釘を刺す。

村の危機を救うのが『趣味』扱いされたことにも気を悪くした様子を見せず、村長さんはがしっと俺の手を取った。

「趣味であろうと構いません……！　それで、私は何をしたら!?」

男に手を握られて喜ぶ趣味は持ち合わせていないのだが、だからといって村長さんがイサトさんにすがりついてもそれはそれでたぶん面白くないだろうので、俺はおとなしく村長さんのしたいようにさせておく。

そんな俺の横から、イサトさんが村長さんを覗き込んで。

「わるものにわるさをする許可をくれないか？」

さあ、俺とおっさんのわるさ開始である。

＊　＊

「ひょえあああああああああああああ」

からりと晴れた砂漠の青空に、間の抜けた悲鳴が木霊する。

悲鳴の主はアーミットだ。

「…………」

「…………」

それに対して、沈黙を守っているのは俺とイサトさん。

ただし、それぞれの沈黙の持つ意味合いは結構違っている。

イサトさんはいわゆる「悲鳴をあげ損ねた」という以前本人が言っていたような状況だろう。

ちらっと覗いた表情はそれなりに取りつくろっているが、身体はがちごちに強張っている。

そして、俺が黙っているのはそんなイサトさんの様子を窺《うかが》っているからだ。

「……大丈夫かよ、イサトさん」

まだアーミットのように叫んだ方が、精神衛生上よろしいような気がする。

なんというか、俺はゲーム時代のイサトさんに対して有事にも動揺しない喰えないおっさん、という認識でいたのだが……。

もしかすると単純に思ったよりもどんくさいだけなのかもしれない。

何かあったときに冷静なように見えるのは、うっかり叫んだり驚いたりするタイミングを逃し続けているだけで。実は地味にパニくり、周囲が盛大に慌てているのを見ているうちに落ち着き、しれっと対処しているだけなのではなかろうか。それならば外から見てる分には冷静で何事にも動じない、という態を保てるだろう。

「……だいじょうぶだ」

「…………」

俺の想像はあたっていたらしい。

イサトさんの返事は、まるで時間稼ぎするかのようにいつもよりゆったりと間延びしていた。普段のイサトさんを知らなければ、この状況にも物怖じしない豪傑、として周囲からは思ってもらえることだろう。

そして「この状況」というのはずばり――……、イサトさんの召喚したグリフォンの背にアーミット、イサトさん、俺という順で騎乗して高速で砂漠の空をかっとばしている、という状況である。

グリフォンというのは猛禽《もうきん》の頭と翼を持った獅子《しし》という伝説の獣の一種で、大きさとしては三人乗っても大丈夫、というあたりで察していただきたい。

昨夜見たフェンリルと同様に、それだけ大きい獣だというのに、リアルな獣臭さは全く感じなかった。だからといって生き物としての気配がないというわけではないあたり、やはり「召喚モンスター」として普通の生き物とは一線を画しているというのがよくわかる。

毛並は短毛ながら滑らかで、つい撫でてしまいがちだ。うなじ、というか首の付け根のあたりだけもっふりと毛足が長くなっているところが獅子っぽい。

そんなグリフォンの上で、一番小柄なアーミットを先頭に、一番でかい俺が背後を固めて二人を腕内に収めるような形で手綱を握っている。そのおかげで、俺はイサトさんの身体ががちがちに強張っているのを感じ取れたのだ。そうでもなければ、俺もイサトさんの外面に騙されていたかもしれない。覚えておくことにしよう。

ちなみに、本来なら召喚士であるイサトさんの命令しか聞かないはずのグリフォンなのだが、今回は例外的に使役権を俺に譲渡されている。とはいっても、単に手綱を任されているだけで、イサトさんの監督のもと、という条件で例外的に俺の指示を聞いているだけにすぎない。

時をさかのぼること三十分ほど。

村長さんからわるさをする許可を得た俺とイサトさんは、まずはエルリアを目指すことにしたのだ。

わるさをするためにはいろいろと材料がいる。

そのためにはまず、エルリアの街に行き、俺たちがゲーム時代に貯めたもろもろの資材を使うことが出来るかどうかを確かめるのが一番だからな。

なければないで、あるものでなんとかするなり、素材を集めるところから始めればいいだけの話だ。

アーミットはその道案内として自ら立候補してくれたため、今回俺たちに同行することになった。

得体のしれない旅人である俺らにまだ子供でもあるアーミットを預けるというのは、村長としてはかなり悩んだ末の決断なのではないだろうか。

そして実際にエルリアに向けて出発するぞ、という時になってイサトさんが足として提案してきたのが、イサトさんの召喚モンスターであるグリフォンだったのである。

ゲーム内では一人乗りの騎獣扱いのグリフォンだったが、異世界であるこの世界ではグリフォンを納得させれば騎乗する人数に制限はかからないらしい。確かに昨夜召喚していたフェンリルも、グリフォン同様にゲームの中では一人乗りの騎獣扱いだったが、アーミットとその母親を同時に乗せていた。物理的に可能な積載量であれば……、召喚モンスターの気持ち次第では乗せてくれないこともない、というような感じだろうか。その辺の微妙な兼ね合いは、今後探っていくことになるだろう。

イサトさんが召喚したグリフォンは、俺やアーミットに対して「こいつらも乗せんのかよ」とあからさまに嫌な顔をした――ように見えた――が、主であるイサトさんにお願いね、と軽くぽんと首筋を叩かれるとおとなしく頭を垂れて言うことを聞いた。

そんなわけでさっそくグリフォンの背にのって砂漠飛行となったわけだが……。

いやあ、これがなかなかすさまじい。

超はやい。ちょっぱやである。

現代人的な感覚から言わせてもらえれば、時速60km～80kmぐらいは出てるんじゃなかろうか。

俺はまだバイクを乗り回していたこともあり、生身でのこの速度に対する慣れがあるが、慣れていない人間にとってはなかなかに怖いものだろう。

それにバイクがまだ地上を走っているのに比べて、グリフォンは飛んでいる。

下を見てしまうと、スピードには慣れている俺ですらぎょっとしてしまうのだから、イサトさんやアーミットにとっては安全ベルトのついてないジェットコースターに乗ってるようなものだ。

少しでも安定感を、と俺は二人を抱えて手綱を握る腕に力をこめる。

「二人とも大丈夫か？」

「わたしはへいきだ」

「アキラ様ぁあああああああああ！」

……あんまり大丈夫じゃないな、これ。

そんなことを思いつつ、俺たちの初グリフォン騎乗の旅は続くのだった。

＊　＊

エルリアの街が見え始めたところで、俺たちは砂漠に降りてそこからは徒歩に切り替えることにした。

まあ、グリフォンのような高位のモンスターが街の人たちに見つかったら間違いなくパニックに陥るだろう。

アーミットに聞いたところ、旅の冒険者や商人が稀にモンスターを使役していることがあるらしいが、せいぜい比較的気性の穏やかな、動物とほとんど区別がつかないようなものに限るらしい。

イサトさんが使役して見せたようなフェンリルやグリフォンは、神話や伝説にしか出てこないのだそうだ。

「イサト様もアキラ様も、まるで物語に出てくる冒険者様たちみたいです……！」

グリフォンから降りたアーミットは、くりくりとした瞳を輝かせて俺たちを見ている。

「伝説の冒険者、ねぇ」

「伝説の冒険者ってどんなものなんだ？」

「知らないんですか？」

「私たちは遠いところから来たもので、その辺のことはよく知らないんだよな」

「伝説の冒険者っていうのは……、あ、その前にイサト様ちょっと」

アーミットは上機嫌に話しだそうとして、それから何かに気づいたようにイサトさんを呼び止めた。

不思議そうにしているイサトさんの手首に巻かれていた飾り布をふわり、と解いて広げる。そしてそれをイサトさんにかぶせると、器用に布の余りを結んでフードにした。

……なるほど、あの飾り布はこうして砂漠に出たときに日差しや砂をよけるのに使うためのものだったのか。

アーミット本人は、ごそごそと肩からかけていた小さなポシェットから同じような布を取り出して羽織る。

「なあ、それ俺にはないのか？」

「え？　アキラ様は男なのにルーシェを使うんですか？」

「…………」

あの飾り布は「ルーシェ」というらしい。

まるで「スカート穿《は》くんですか？」というようなノリで言われた言葉に、俺はがっくりと肩を落とした。

どうやら、このあたりの風習では砂漠で布をかぶるのは女性だけのようだ。

男だって暑いものは暑いし、砂が目に入ったら痛いと思うのだが。

「……行くか」

ステータスのおかげでそれほど砂漠の日差しでダメージを喰らうということはないものの、それでも暑いし、白く乾いた砂がはじく日光が目に入ると痛い。いつまでもこんなところで立ち話をする気にはなれなかった。

ざくざく、と砂を踏んで街へと向かいながら、俺とイサトさんはアーミットから『伝説の冒険者』の物語を聞く。

「ずっとずっと昔、私たちが生まれる前に、この世界は女神さまによってつくられたんだそうです。それでも力が余っていたので、女神さまは動物や植物をこの世界におつくりになりました。それでもまだ力が余っていたので、女神さまは次に自分に良く似た生き物、私たち人間を作り出しました。ですが、それでも女神さまの力は有り余っていました。それで女神さまは、この世界に女神の試練を課したのです」

「女神の試練？」

「すなわち――……、モンスターだな？」

「はい」

「イサトさんなんで知ってんの？」

「むしろ私は秋良が何故知らないのか聞きたい」

「え」

「……RFCの設定だぞ」

「えー……」

言われてみれば、そんな話をチュートリアルの時に聞いたような気がする。

が、俺がチュートリアルをやったのは今から3、4年も前の話だ。そんな細かいところまで覚えていない。普段モンスターを狩ってレベルを上げたりスキルを覚えたりして遊ぶ分にはそんなに関わってこない設定だしな。

あ、でもなんかシナリオイベントで『女神』がどうのこうの、というのは毎回見ていたような気がする。

「モンスターたちは、私たちの間では『女神の恵み』とも『女神の試練』とも呼ばれています」

「『女神の試練』はまだしも……、なんで恵み？」

「モンスターは女神さまの余剰な力が淀《よど》み、形となった存在なんだそうです。そのモンスターを倒すことで、女神さまの余剰な力の恩恵を受けることが出来るんですよ」

「それってもしかして……」

俺はちらり、とイサトさんを見る。

イサトさんはその通り、というように頷《うなず》いた。

「ドロップ品のことだな。女神の余剰な力がモンスターとなり、そのモンスターを倒すことで、人々はその力の恩恵を手に入れる」

「なるほどな、そういう理屈なわけか」

「そういうことだ。強いモンスターほど良いアイテムをドロップするのも、その理屈に基づいてる」

「ほー……」

貯めこんだ女神の余剰エネルギーが多ければ多いほど強力なモンスターとして形になり、当然そのモンスターを倒すことで得られる恩恵も大きくなる、というわけか。ＭＭＯとして定番の設定に、こんな理屈があったとは知らなかった。いや、たぶんチュートリアルで一度は聞いたと思うんだが。

「ですが……」

アーミットの声が沈んだ。

「ん？」

「私が生まれるずっとずっと前に、私たちは女神さまの恵みを得ることが出来なくなってしまいました」

「ああ、村長が言っていたやつだな」

食べ物がなければドロップ品で食いつなげばいいじゃない、と言った俺に対し、村長はそんな確率の低い賭けには頼れないと言っていた。つまり、この世界の人々にとって、モンスターを倒してドロップ品を得る、というのは滅多にないことだということになる。

「モンスターを倒しても、それだけです。血肉も、恵みも、何も残らないようになってしまったんです」

「そりゃあ……、冒険者上がったり、だなあ」

モンスターを倒す旨みが何もない。

「物語の中に出てくる冒険者は、アキラ様やイサト様みたいにとても格好良いんですけど……、実際の冒険者は、村や町の護衛として近辺のモンスターを駆除するだけの人になってしまいました」

「モンスターを倒しても、実入りがないわけか」

「それはロマンに欠けるな」

俺とイサトさんはお互いに顔を見合わせる。

街や村を守る、というとそれはそれで別種のロマンがあるような気がしないでもないが、それは国を守る騎士や兵士の領分だ。

冒険者といったら、やはりお宝を求めて未開の地を切り開き、モンスターを相手に戦いを繰り広げていただきたい。

そして、俺やイサトさんの装備のほとんどはドロップ品そのものだったり、それらを素材に作られたものだったりする。その大本であるドロップという供給がなくなってしまえば、俺らが当たり前のように使っているアイテムのほとんどは再現不可能だろう。

……そりゃあ冒険者が地味になるわけだ。

しょっぱい顔をしている俺に、イサトさんがさらに追い打ちをかけてくる。

「ドロップアイテムがないというだけでそんな顔をするのは早いぞ、秋良青年」

「ん？」

「『女神の恵み』が発動しないということは、下手するとドロップ品が手に入らないどころか、経験値すら入らない可能性が」

「まじか」

悲惨極まりない。

モンスターを倒すことで、概念的な経験値は手に入るかもしれないが、それが強さにつながらないＲＰＧというのはなんともえげつない。実装されたゲームだったらユーザーがサジを投げる。モンスターを倒しても、プレイヤースキルが上がるだけでご褒美もなければステータスの成長もないなんて、なんの苦行だ。ひたすらプレイヤーのスキルが求められるＦＰＳあたりならまだしも、ＲＰＧの世界でそれはない。

「なんで『女神の恵み』が発動しなくなっちゃったんだろうな」

「イサト様のような特別な民だけ……、ってわけじゃないんですよね？」

「違うだろうな。俺は人間だが、アイテムドロップ手に入れられるし」

俺は手をわきわき、と動かしてみる。

そのあたりは、昨夜の盗賊討伐および砂トカゲ駆除戦からも確認済みだ。

俺が倒した砂トカゲからも、ゲーム時とほぼ変わらない確率でパフェはドロップしていた。少なくとも、俺は違いがあるようには感じられなかった。

経験値の方はゲーム時と違って、数値でわかるわけじゃないので実感がないが。

「エルフやダークエルフが姿を消したのと、『女神の恵み』が発動しなくなった時期っていうのはどうなってるんだろうな」

むぅ、と悩ましげにイサトさんが呟く。

つい忘れがちだったが、この世界においてはエルフやダークエルフはもう滅んだ古の種族ということになっているのだ。

アーミットの口ぶりからして、それら一連の物事はつい最近のこと、といったわけではなさそうだ。

「わからんことだらけだ」

「まあ、異世界だしな」

それを言っちゃおしまいです。

なんとなく見知ったゲーム内にトリップしたつもりでいるので危機感が薄いが……一応これでも異世界トリップなのだ。

まだこの世界に到着して二日。

わからないことが多いのも当然か。

「アキラ様！　イサト様！」

アーミットに呼ばれて顔をあげる。

思えばこの短時間で、名前を様付けで呼ばれるのにもだいぶ慣れた。

……癖にならないといいな。

「着きました、エルリアです！」

そして――……、俺たちはようやく、はじまりの街エルリアに着いたのだった。

＊　＊

「……寂れてるな」

「……妙な情緒が」

はじまりの街エルリアは、俺たちの記憶の中にある姿と比べるとずいぶんともの寂しいことになってしまっていた。

一瞬何かあったのか、と思ってしまったが、すぐに自己完結で納得した。

エルリアは「はじまりの街」だ。

ログインした冒険者が一番最初に訪れる街として栄えていたのだ。

だが、この世界からプレイヤーは姿を消した。

残されたのは……、というか現在そこに迷い込んでしまっているのは、わかっている限りでは俺とイサトさんの二人だけだ。

そうなればこの「はじまりの街」が寂れるのも仕方のないことだろう。

設備としては特に変化がない分、余計にゴーストタウン的な雰囲気を醸し出してしまっている。

もともとの栄えた状態をゲームの画面越しとはいえ知っているだけに、かなりものさびしい。

「えっと、この辺か？」

「たぶんその辺？」

「お二人は、エルリアの街は初めてじゃないんですか？」

「あー……、初めてではないというかなんというか」

このエルリアに来るのは初めてだ。

が、街としての仕組みはゲーム時代に何度も訪れていたこともあって把握できている。周囲の建物と記憶をてらしあわせれば、大体どこにどんな施設があるのかなどの位置関係は摑める。

……イサトさんはふらふらと危なっかしくきょろきょろしているが。

そういえばゲームの中でも方向音痴だったっけか、この人。

倉庫があるのは街のほぼ中央にある広場だ。

ゲーム時代はプレイヤーによる露店がひしめきあっていたものだ。

そんな広場も、今はがらんと寂れて人影はほとんど見当たらなかった。

「この街は、いつもこんな感じなのか？」

「珍しい特産物がとれるわけでもありませんから……。市の日ならもう少し賑《にぎ》やかですけど、普段はこんな感じです」

アーミットの回答を聞いて、少しだけ安心した。完全にゴーストタウンになってしまったわけではないらしい。

「それにしても、ここで何をするつもりなんですか？」

「倉庫の確認」

端的に答えて、イサトさんが広場の前方に設置された石碑へと進み出る。

黒曜石をストンとそのまま直方体に切り出したような、シンプルな石碑だ。高さは90㎝ほど。その表面には、何やら紋様が刻まれている。

「倉庫？」

ピンとこないのか、アーミットは首をかしげている。その頭上に出ている「？」が目に見えるようだ。

「ちなみにアーミット、あの石が何か知ってるか？」

「広場のモニュメントじゃないんですか？」

「あー……、やっぱりそういう回答になるか」

倉庫という概念も、この世界ではすたれてしまっているらしい。

この世界、モンスターはいるのに魔法の概念が忘れさられてしまっているというのがなんとも惜しい。普通ならそこで魔法に代わる新たな概念、いわゆる科学が発展していてもおかしくないのだが、そう上手く魔法から科学への方向転換もいっていないようだ。

まあ、それも仕方ない。

科学が発展したから魔法が廃れたのではなく、魔法を中心に栄えていた世界でその魔法が原因もわからないまま消えてしまったわけなのだから。

それを考えると、乱世に突入していないだけまだマシなのかもしれない。

現代でいうとある日いきなり電気エネルギーが消失して文明が崩壊するようなものだ。

映画やマンガ、ドラマなどにもそういった世界を描いたものは多くあったが、ここのように緩やかな衰退を受け入れている例は少なかった。

どちらかというと某世紀末救世主的な、悪党がヒャッハーしちゃう系が多かったような気がする。

いくらゲーム内のステータスを引き継いでいるらしい、とはいえ、生身で世紀末覇者と戦うようなことにならなくて心底良かった。

「イサトさん、どうだ？」

「うん、普通にアクセスできるっぽい。ただ生身での操作に慣れてないからちょっと手間取ってる」

「どんな感じ？」

「んー……、スマホ的というか、ノーパソのタッチパッド的な感覚というか……、その辺は君が自分で体験してみた方が早いかも」

「同時に操作できそう？」

「んー……、出来ないことはないんだろうが、お互い相手が邪魔になるだけな気がするので、私が終わるまでもうちょっと待っててくれ」

「あいよ」

　ゲーム時代は大人数が同時にアクセスしても平気な倉庫だったが、リアルともなればそうもいかないのだろう。石碑に向かって何やら難しい顔をしてごにゃごにゃ操作をしているイサトさんの後ろに並んでいると、ＡＴＭに並んでいるような気持ちになる。

「取り出すのは食材系と……砂系素材と箪笥《たんす》か」

「そうだな」

　空中を睨むようにして操作しているイサトさんの声に、俺は自分の倉庫の中身を思いだそうとしながら返事をする。

俺とイサトさんの考えた悪だくみなんていうのはどこまでもシンプルだ。

「箪笥」と呼ばれるアイテムに、みっちりと村人らがしばらくの生活には困らない程度の食糧を詰めてカラットに置いていく。

ずばり、それだけだ。

ははははは、シンプルイズベスト。

据え置き型の大型インベントリ、だと考えて貰えれば「箪笥」の便利さをわかって貰えるだろうか。ただ、俺たちが所持している基本のインベントリとはちょっと仕様が異なっており、一長一短だ。

通常のインベントリは、限界の重量を超えなければいくらでも種類に関しては所持できるのに対して、箪笥は重量に制限がかからない代わりに、アイテムを収納できる種類が限られる。

ちなみに箪笥は、インベントリに収納しようと思うとその中にしまわれているものの重さまでカウントされてしまうので、インベントリに箪笥を詰めまくって無限インベントリ、なんていうズルは出来ないようになっている。箪笥の存在を知ってすぐに試して、重量オーバーでその場から動けなくなったのは俺だけではないと信じている。

……絶対イサトさんもやったよな。

「なあなあ、秋良」

「ん？」

「君、食材どれくらいある？」

「んー……、俺ポーション派だったから食材はあんまり持ってないんだよな。ドロップ品は、ある程度数がたまるとまとめて売っぱらってたし」

「なるほど。それじゃあ引き出し三つの小型簞笥でいいかな」

「そうだな。それにしても、イサトさんよく簞笥なんか持ってたな」

先ほども説明した通り、簞笥とは据え置き型の収納アイテムだ。倉庫と違ってあちこちからアクセス可能、というようなこともない。そういう意味において、簞笥は便利に使おうと思うと使い道を限りなく限定されるアイテムだ。

そんなものをよく、というつもりで呟いた言葉に、イサトさんはいともあっさりと頭を左右に振った。

「持ってないよ」

「……ぅん？」

思わず、動きが止まった。

まてまて。

何かものすごく嫌な予感がするぞ。

「もうなんていうか秋良青年にはドン引きされる気しかしていないが――…」

ふいっとイサトさんは視線を遠いところにさまよわせつつ、モニュメントでの操作を終えて俺たちへと向き直る。ぽいぽい、と無造作に放り出されるのは、レアドロップの木材や、カンナ、釘、といった日曜大工品めいた素材だ。

まさか。まさかまさか。

イサトさんは俺が見ている前で、それらの材料に向けて手をかざすと——……、家具作成スキルを発動させた。


をい。


「こらあんたなんで家具職人スキルなんて持ってんだゴルァ！！！」

「つい！　出来心で！！！」

ぺっかり、と完成した箪笥を目の前に俺は思わずイサトさんへと吠《ほ》えた。

またこの人はメインジョブ育てる苦行から逃げて新しい職人スキルゲットしにいってやがったな……！！！！！

「火力上げたいからしばらくはメインジョブの精霊魔法使いのレベル上げに専念するって言ってたのはどこの誰だ……！！！」

「私だけど!!　だって！！！　レベル上げるために狩りに行くとアイテム補充のために街にちょこちょこ戻るの面倒くさいじゃないか！　だから箪笥があった方がレベル上げが捗るかなっ

て！！！」

「箪笥を設置するための『家』はどうする気だったんだあんた！」

「そ、それはその……、事後承諾で秋良とリモネに許可を貰おうかなー…とかそのえっと」

ごにょごにょ、と後半イサトさんがトーンダウンした。

そう。

箪笥を便利に活用するためには「家」が必要なのだ。

基本的にその日暮らしをしている俺ら冒険者にとって、家という概念はそれほど重要視はされない。冒険していない時間、すなわち遊んでいない時間はログアウトしているからだ。どこでログアウトしようが、基本的に差はない。

では何故家が重要視されるのか。

答えは、家の立地条件にある。

「家」は、『妖精王オベロンの頼み』というクエストをクリアした際に、妖精王より与えられた領地に存在する。どこでもあり、どこにもない妖精王の領域の端っこを切り取って与えられたその領地。

それはすなわち――……、どこからでもアクセス可能な「便利な我が家」の実現だ。

そうなれば、その家に箪笥を設置すれば、わざわざ倉庫のある大きな街に戻らずとも、アイテムを補充することが出来るようになる。

イサトさんが言っている利点というのはずばりそれだ。

狩り場が街から離れている場合、ドロップ品がたまって荷物が重くなったり、回復アイテムが切れる度に街に戻るのは非常に面倒くさくなる。だからイサトさんが便利な狩りのために家を欲しがる気持ちは非常にわかるのだが……。

俺の記憶が確かなら、おっさん《イサトさん》はまだ妖精王オベロンのクエストを受けてなかったような気がする。というか正確に言うとオベロンクエを受ける許可をリモネから貰えてなかった、ような。

それで何故箪笥が作れるんだこの人は。

ゲームとしてのRFCでは、箪笥を手に入れるためには三つの方法がある。一つは、自分で材料を集めた上で、家具職人としてのスキルを手に入れ、自分で箪笥を作る方法。もう一つは、材料を自力で集めた上で、ぼったくりともいえるような金額で家具職人スキルを所持しているNPCに依頼する、というものだ。

基本的には、NPCに依頼するのが一般的だ。高額でぼったくられようと、たまにうっかり失敗されてせっかく集めたレアドロップ含む材料をオシャカにされようと……、自力で箪笥が作れるところまで家具職人スキルを上げる手間を考えたらその方が楽だ。

三つめの方法が、酔狂で生産系のスキルを選んで取得しているプレイヤーに頼んで作ってもらう、というパターンだ。俺も、俺の家においてある箪笥はリモネに頼んで作ってもらった。正確にはリモネのサブキャラに、だが。

「もう、おっさん《イサトさん》は一回リモネにぶっ殺されると良いと思う」

「……ううう」

イサトさんが俺らに内緒でこっそり家具職人のスキルを手に入れていたこと——しかも箪笥が作れるほどなので結構な高レベルだ——を知ったらリモネは草を生やしまくりながらおっさんを貶《けな》しまくるだろう。

『もうwwwwwwwお前wwwwwwww死ねばwwwwwwwwwwwwいwっうぃwwwwwwのwwwwwwwにwwwwwwwwwwww』


大草原が目裏に浮かんだ。

同じ光景が簡単に想像できたのか、ふっとイサトさんの視線が遠くなっている。

ちなみにリモネがイサトさんに家取得クエを受けることを許さなかったのは、これ以上イサトさんを迷走させてたまるか、という親心故である。切ない。

……だって家取得すると家具を設置したりできる上に、庭で野菜や薬草などの栽培も出来るようになるんだもんよ……。

そんな場所をイサトさんに与えたら、間違いなく数カ月、下手したら半年から一年は家にこもりかねない。イサトさんのことなので、間違いなく農家スキルと家具職人スキルをある程度マスターするまで出てこなくなる。

「あのなあ……」

「……はい」

俺が疲れたトーンで口を開けば、イサトさんは殊勝にうつむいて小さくなりつつ俺のお小言を聞く体勢になった。

「イサトさんだって、自分のスキルや能力が偏ってるって自覚はあるだろ？」

「……はい」

「イサトさん、防御力紙なんだからさ。普通に戦ったら死にまくりじゃん？」

「……はい」

「だから、防御力上げるためにも、精霊魔法使いとしてのレベルを上げよう、って決めたよな？」

「……はい」

いつの間にかイサトさんは箪笥の隣でちんまりと正座している。

アーミットは目が点だ。

それもそうだろう。

モニュメントの前で立ち尽くしてたと思っていたイサトさんが、いきなりどこからかたくさんの木工道具を取りだしたかと思ったら、謎の技術であっという間に箪笥を作り上げ――…、それを目にした俺がひたすら説教モードに突入しているのだから。

「……はー……」

深々とため息が漏れる。

ゲームの中でなら、「あのおっさんがまたやりおった」で済むのかもしれないが……、ここは異世界である。

イサトさんの防御力が、俺が思っているより随分低いのかもしれない、というのはなかなかにショックだった。

「これからはちゃんと防御力上げる？」

「……善処します」

「じゃあはい、立って。次俺もいろいろ出しとくから」

「はあい」

イサトさんは立ち上がると、逃げるようにちょろっと俺の背後へと回った。逃げるように、というか事実逃げたな。

本当に俺より年上だろうか、と思う瞬間である。

イサトさんに続いて、俺もモニュメントの表に手で触れ、倉庫へとアクセスしてみた。……なるほど。タッチパッド、とイサトさんが言った意味がわかった気がする。

モニュメントに触れた瞬間、俺の目の前には淡いホログラムのようにして、ゲームの中で見ていたような倉庫の画面が浮かび上がったのだ。

そして、そのカーソルを動かすのは、モニュメントに触れたままの手だ。モニュメントに触れた手の動きに連動して、カーソルが動くのである。これは確かにタッチパッドを彷彿《ほうふつ》とする。

「イサトさん、箪笥の空きはいくつ？」

「三つあるうちの二つはパフェと握り、最後の一つに芋を入れようと思ってる」

「芋何個持ってるんだ？」

「３４８個あった」

「ああ、それなら俺の方が良いもん持ってる」

「何持ってんだ？」

「米８７２個」

「よしそっちにしとこう」

「おう」

イサトさんが今回作ったのは、インベントリが三つしかない小型箪笥だ。

三種類のものしか収められないが、逆に言うとその三種類のものに関しては質量を問わずほぼ無限に突っ込むことが出来る。

「あー……イサトさん、その芋戻したら重量に空き出来る？」

さすがに一度に米８７２袋はキツかった。

倉庫から取り出した瞬間、ずしりとその重量を感じて足が縫い止められたかのように動かなくなる。

「限界超えた分はそこに積んでおいてくれ。私が持てるか試す」

「任せた」

本当なら、一歩下がって倉庫前をイサトさんに譲りたいところだが、今はそれもかなわない。

イサトさんは、するりとモニュメントと俺の間に、狭いところに入りたがる小動物のような所作で潜りこむと、手際良く操作を始めた。

さらさらと両肩に流れた銀髪の合間から、褐色の滑らかなうなじが無防備に俺の目の前にさらされる。


舐《な》めたい。


いや、しないけど。

実行はしないが、目の前に綺麗なうなじが見えたら、本能的にそう思ってしまうのは男として仕方のないことではないだろうか。

こつ、と細いうなじの中央に浮いた頸椎《けいつい》の陰影を指でたどりたい。

というか……。

ちょっと腹が立ってきた。

改めて思うが、イサトさんは俺のことを異性にカウントしなさすぎである。

なんだこの距離感。

「イサトさん」

「なんだい秋良青年」

「セクハラしていいですか」

「は？」

イサトさんが振り返るより先に、がぷ、とそのうなじに咬みついてやった。

「びゃ！！！？」

未だかつて聞いたことのない声が響いた。

＊　　＊

「な、ななな、なななななな!?」

俺にうなじを咬まれたイサトさんは、謎の鳴き声を発しつつとりあえず俺と距離を置こうと試みる。良い判断だ。だが遅すぎる。

逃げ出そうとしたところに、のしりと体重をかけてプレス。

荷物の持ちすぎで身動きはとれないものの、重心の移動ぐらいは出来る。倉庫にアクセスするた

めのモニュメントと俺の間でのっしりとプレスしてやる。

「ちょ……っ、落ち着け秋良青年ッ！」

「落ち着いておりますが何か」

「青少年の目の前、青少年の目の前！」

じたばたと逃げ出そうとしながら、イサトさんが叫ぶ。俺の歯型がうっすらとついたうなじが羞恥にか朱色に染まっているのが見える。絶景だ。

ってていうかイサトさん、たぶんパニくって何言っているのかわかっていないのだと思うが、それだと青少年の目がなければ良い、と言っているように聞こえるわけなんだが大丈夫か。本気にするぞ。

そんなことを思いつつ、ちらり、とアーミットへと目をやれば、アーミットは顔を真っ赤にしつつその大きな双眸を瞠っていた。視線のやり場に困る、というように視線を時折おろおろと彷徨《さまよ》わせつつも、顔自体はこちらに向けたままなあたり、デバガメなのか動揺しているのか。

「ッ……！」

イサトさんは今も必死に俺の腕の中から逃げ出そうともがいている。モニュメントに手をついて踏ん張り、なんとか隙間を作りだそうと頑張っている。が、ＲＦＣ内のステータス的にも、俺とイサトさんの実際の腕力的にも、イサトさんが逃げられるわけがない。捕まった時点で終わりだと思ってもらわないと。

「おわかりいただけただろうか」

「何が！」

「俺がケダモノになるとイサトさん的には結構なピンチになるぞ、ということが」

「……っ！」

うーッ、と手負いの獣めいた唸り声が聞こえた。が、それが続いたのもおそらく数秒程度だ。踏ん張っていたイサトさんの身体から力が抜ける。

「降参？」

「……はい」

「で？」

「……わかった！　わかった！　私が悪かったごめんなさい！」

「……よし」

素直にごめんなさいされたので、そろそろ許してやることにする。俺は重心をゆっくりと背後に戻して、イサトさんをプレスから解放してやった。調度良いタイミングだ。これ以上やっていたら俺の自制心の方が先に限界を迎えていた。

イサトさんはわたわたと俺とモニュメントの間から抜け出すと、うなじを手で押さえつつ俺を睨みつける。涙目なのが可愛い。

褐色の肌の目元から、銀髪の間からツンと尖って見える耳までが綺麗に朱色にそまっている。そんな状態で睨まれても、わりとご褒美だ。

とりあえず、何発かぐらいなら殴られる心の準備は出来ている。

だらりと腕を下ろして、無抵抗の態でイサトさんを見やれば、イサトさんは悔しそうに唸りながらも、ふいっと俺から視線をそらした。

「さっさと米をその辺において、そこからどきやがれ馬鹿秋良ッ！」

なんだ、殴らないのか。

さすがだ。

そんなことを思いつつ、俺はこみ上げる笑いを殺しきれず、くつくつと喉を鳴らしながら動けるようになるまで米をその場に落としていく。

白い米粒のままで広場に散らばったらどうしよう、と少し心配していたのだが、取り出した米はアイテム欄で見るときと同じくよくわからない銘柄のパッケージに入った状態だった。おそらく2kg程度だろうか。米単体で使用しても回復量は大したことにはならないが、料理スキルを使って他の材料と合わせて料理すると、回復量の高いアイテムを作り出すことが出来るのだ。一番人気はカレーだった。俺は料理スキルはもっていないので、ある程度素材がたまったところでイサトさんかリモネに作ってもらうようにしていた。

ゲーム時代は特に何も感じてはいなかったが……、よくよく考えると米一袋とジャガイモと人参とスパイスを各一つずつ集めて料理して出来るのがカレー一皿、というのはなかなかに謎である。

主に米が消えている。どこいった。

　俺が米を吐き出し終わり、場所を開けると、ようやくイサトさんがやってきて再びモニュメントへと向かう。つつつ、と華奢な指先がモニュメントを撫でるように滑る様を眺める。

「……アキラ様」

　くい、っとアーミットが俺の服の裾を引っ張った。

「何？　どうした？」

　アーミットは不思議そうに、少しだけ躊躇いつつも口を開く。

「どうして、イサト様はアキラ様に謝ったんですか？」

　言外に、悪いのはアキラ様の方じゃないんですか、なんて問いを聞いたような気がして、俺はぽりと頭をかく。

「うーん。なんつーか難しいんだけどさ」

「はい」

　イサトさんから少し離れたところで米の番をしつつ、アーミットと話す。

「イサトさんは俺のことを異性として意識してないし、たぶんイサトさん自身、自分のことも女だと思ってないんだよな。いや、思ってない、っていうのとは違うかな。意識してない、っていうか」

　たぶん、だからこそ俺はゲーム時代においてもおっさんがネナベだと気づくことができなかったんだろう。おっさんはいつも自然体でそこにいた。おっさんというキャラで、皆と交流していた。

皆深く考えず、おっさんはおっさんだと、そう思っていたように思う。画面ごしの交流だからこそ、そういう付き合い方が出来ていたのだ。

「でもな、いくらイサトさんが意識してなくても、イサトさんは女だし、俺は男なんだよ。だから、イサトさんの『私は気にしないからお前も気にするな』っていうのはある意味イサトさんの考え方の押し付けなんだよ」

ゲーム時代にしろ、今にしろイサトさんはイサトさんだ。話していて楽しいし、気だって合う。一緒にいて楽だ。それでも、イサトさんは生身の女性で、俺は生身の男だ。変に意識し合う必要はないかもしれないが……そこで俺だけが我慢するのは理不尽だろう。

「俺は、イサトさんに対してヘンな気を起こさないようにする。イサトさんも、俺がヘンな気を起こさないようにする。お互いにそういった気遣いがないと、今の関係を保つのって難しいんじゃないかなって俺は思うわけだ」

「……なんか、難しいです」

「だよなあ」

俺だって難しい。

おっさんは、俺にとっては良い悪友だった。なんだかんだこれからも長く付き合っていける相手だと思っていた。いつかお互いにＲＦＣに飽きてネトゲを離れる時がきても、気が向けば話をしたりするような仲になれると思っていた。

そのおっさんの中身が、女性だった。しかも、魅力的な。

目の前にいるのは同じ人であるはずなのに、俺の知ってるおっさんがいなくなってしまったような気がした。

でも、おっさんはおっさんだった。

イサトさんは見た目は変わっても、やっぱり俺の知ってるおっさんだった。こんなことを言うとこっ恥ずかしいが、俺の友人のおっさんのままだった。

だから俺は、友達を失いたくはないのだ。

俺自身のエロイ衝動に負けて、一時の勢いでイサトさんとの関係を拗《こじ》れさせたくない。

「イサトさんも、それがわかってるから俺を殴らなかったし、俺に謝ったんだと思うよ」

イサトさんだって、わかっていないはずがないのだ。

先ほどから俺はイサトさんが自分が女であることを自覚していない、と言っていたが、たぶん本当は一番イサトさん自身がその事実をわかっている。わかった上でイサトさんはその事実から目を背けて、自覚しないようにして、過ごしている。

俺はイサトさんのリアルを知らない。どんな事情があって、イサトさんがそういう風になったのかは知らないが、きっとその方がイサトさんにとっては楽だったんだろう。

「イサト様のことを、よく知ってるんですね」

「うーん、付き合いがそれなりに長いから、人となりはな。でも、知らないことばっかりだよ」

なんせ、リアルで出会ったのはつい昨日のことだ。

そんなことをアーミットと話していると、倉庫での操作を終わらせたらしいイサトさんが俺らの元へとやってくる。まだ少し顔は赤いものの、いつも通りに振る舞う気でいてくれるらしい。

「インベントリに空きを作ってきたので——……後はこれでどれくらい入るか、だな」

難しげに言いつつ、ひょいひょいとその辺に積まれている米袋をインベントリの中へとしまっていく。そして、七割近くを収納したあたりで力尽きた。

「これ以上は無理だな。なにこれ重い」

動けなくなったらしいイサトさんが、ぼやきながら米を一袋地面へと戻す。

持てなかった分は倉庫に戻すしかないだろう。

「なあ、秋良」

「なに、どうした？」

「帰り道急がないなら、私がケンタウロスを出しても良いんだが……」

ケンタウロスは、商人御用達の騎乗型モンスターだ。ケンタウロスを連れていると、その間だけはアイテムの所持量が大幅に引き上げられる。ただし移動速度はグリフォンほど速くはない。

「ふと疑問に思ったんだが……、君の『家』は使えないのか？」

イサトさんの声に、俺はポンと手を打った。

確かにその手がある。

「箪笥の空きがないから、無理……だと思ってたけどイサトさんが作ったヤツがあるから問題ないのか」

普段していたのと同じように、『家』を一時的な倉庫代わりに使えば良いのだ。

俺が普段使いしていた箪笥は、俺の入れたアイテムでぱんっぱんになっているので、『家』を活用するというアイディアが出てこなかったが、箪笥なら今すでに新品の空っぽのものが目の前にある。

「『家』が使えるかどうか試してみる価値はあると思うんだけれども」

「そうだな」

駄目元で試してみるか、と俺はアイテムボックスを操作して、その中から鍵を取り出した。掌《てのひら》に収まる程度の、それでも家の鍵としては大きめのアンティーク風の鍵。これが、妖精王から授けられた俺の『家』の鍵である。

俺はその鍵を小さく振ってみる。

鈴がついているわけでもないのに、シャン、と澄んだ音が響いて――……、一陣の清涼な風がその場に吹き抜けた。砂漠の街に不似合いな、木陰で感じるような、適度な湿気を含んだふくよかな森の匂い。そんな風に包まれるようにして、やがて俺の目の前に一枚の扉が浮かび上がった。

「扉……？」

アーミットが困惑したように眉根を寄せている。

イサトさんはひたすら羨ましそうである。

浮かび上がった扉の鍵穴に、鍵を差し込んで回す。

カチャリと小気味良い音が響いたのを確認して、俺は扉を開いた。

扉の向こうに広がるのは、木造の小さな家の内部だ。

艶々とした木の床に、質素ではあるものの飽きのこない壁紙。どこかノスタルジックを感じる木枠の窓と、部屋の中央にでん、と置かれた箪笥（大）。

「な、な、な、な……」

イサトさんが絶句している。

うん。その反応は想像通りだ。

「秋良青年は箪笥の角に小指ぶつけて悶絶《もんぜつ》したらいいのに」

地味な呪詛《じゅそ》をくらった。

まあ、それもそうだろう。俺は『家』を本当に倉庫代わりにしか使っていなかったのだ。壁も床も窓も、初期設定のままで、何一つ弄っていないし、家具も何も置いていない。あるのは本当にアイテムを収めるための箪笥だけだ。

RFCのプレイヤーの中には、様々な家具を買い求め、室内を飾り、拡張している者も多い。そういった渾身《こんしん》のセンスが炸裂《さくれつ》した『家』に仲間を招き、そこでチャットをして楽しむのだ。公式でも、家のスクリーンショットを募集してのコンテスト企画なんかもあったような気がする。

『家』を手に入れてあれこれしたい、と野望を燃やすイサトさんにとっては、俺の『家』は宝の持ち腐れに見えて仕方がないことだろう。

俺はイサトさんの呪詛をスルーしつつ、広場に置いたままの箪笥を持ち上げると室内へと運び込んだ。そして、まずは俺が持っているだけの米を全部しまう。そして、今度は広間に積んだままだった残りの米を拾って回収だ。同じように、箪笥の中にしまう。

「よし」

これで帰りも問題なくイサトさんのグリフォンに乗って帰ることが出来る。

本来ならば、『家』は移動の際のショートカットポイントにもなる便利な空間なのだが……事前に登録した場所にしか移動できないという制限がある。

「後は……、村に戻ってひたすら砂トカゲと魚を狩るかー」

「ああ、そういえば……エルリアで冒険者としての登録をしたり、装備を揃える、っていう話もあったけどそれはどうする？」

「それは後にしてもいいんじゃないか？　どうせまた来るだろ？」

「そうだね」

その辺の手続きにどれくらい時間がかかるのかわからないが、今日はアーミットもつれている。

俺らの用事は、村の問題を解決してからゆっくり取りかかったとしても問題ないだろう。

「装備は倉庫になかったのか？」

女性用の装備もいくつか持っている、と確か言っていたような気がするが。

俺の声に、イサトさんはふっと視線を遠くに彷徨わせた。

「……ミニスカ赤ずきんとナース服しかなかった」

「着替えよう?」

蹴られた。

＊　＊

「ああいうのは非日常の一瞬、ネタとして着るのは愉しいが長時間の着用には向いてない——……というか25過ぎたのでさすがに生足でミニスカ穿く勇気はない」

「着よう?」

「私自身は別に脚ぐらいいくら見せても良いとは思ってるんだ。ただ、美しい女性の脚に対して世の男性陣が並々ならぬ関心を寄せていることも知っているわけでだな」

「着よう?」

「つまり美しい脚には見る価値がある、という概念がこの世にはある一定存在していて、いくら私が無頓着であったとしてもその概念を知った上で足を晒《さら》すということは、自らの脚に鑑賞するだけの価値があるという自負の表れとして世間的には受け止められるわけで」

「着よう?」

「私は自分の脚について特になんらかの感慨を抱いているわけではないので晒すのは構わないが、逆に何も特別に思っているわけではないので自分のスタイルに自信がありますという態で見られるのは避けたいわけで」

「着よう?」

「そもそも、アレはもともとアルティに着せて辱めようと思って用意してたんであってだな」

「着よう?」

「絶妙な角度でパンチラスクショを撮ってやろうと思っていてだな」

「着よう?」

「そのために縞《しま》パンのレシピまで手に入れた私に隙はない」

「着よう?」

「――…そろそろぐーで殴んぞ」

そんな全くかみ合わない会話を交わしながら、俺たちはカラット村への帰路を来たときと同じようにグリフォンの背に揺られていた。

全自動「着よう?」ロボットと化していた俺なのだが、そろそろ本気でイサトさんにドツかれそうなので、渋々ながら一旦諦める。あくまで一旦、だ。機会があれば、全力でイサトさんのコスプレもとい、装備強化を推していきたい。

イサトさん本人は何やら小難しいことを言っているが、シンプルに翻訳すれば「自意識過剰女に見られるのは恥ずかしい」ということだろう。

確かに、自分で好き好んで短い丈のスカートやショートパンツをはいておきながら、ちょっと見ただけで人を痴漢のような目で見る女性に対しては俺もあまり好印象はない。いや、好きな相手にだけ見せたい、という乙女心もわからなくはないのだ。だが、それなら二人きりの室内で脱いでやれよと思ってしまうし、綺麗なおみ脚が衆目に晒されていれば「お」とつい視線をやってしまうのが男の性なのだ。もちろん、失礼なほどに凝視してしまうのもどうかとは思うが。

そんなわけで、是非ともイサトさんには積極的にミニスカを穿く方向で突き進んで欲しいのだが、そこを邪魔するのが社会概念的な羞恥心であるらしい。


いいじゃん綺麗な脚してるんだから。


男の俺としてはそんな一言で片づけてしまいたくもなるが、なるほど、女心は難しい。

そんな話をしているうちに、カラット村に到着。

なんとなく、アーミットからほんのり距離を感じるわけだが、きっと気のせいに違いない……ということにしておく。

……イサトさん相手だと、この辺りまでのセクハラ発言なら大丈夫、という線引きがある程度わかっているので平気だが、アーミットにとってはもしかしたら許容範囲外の変態発言だったのかもしれない。次から気を付けよう。

村の近くでグリフォンの背から降り、イサトさんがグリフォンを還すのを見届けてから二人で村に入る。

「「お帰りなさいませ……！」」

「おわっ」

「！」

村に足を踏み入れると同時に、村長さんと宿屋の女将さん、つまりはアーミットのお母さんに声をかけられた。

もしかしなくても、俺たちが出発してからずっとここで待っていてくれたのだろうか。

「まあ……私ら命の恩人とはいえ、たまたま昨日現れただけの旅人だからなァ」

俺にしか聞こえないぐらいの小さな声で、イサトさんがぼやく。

俺らのことを信じて、アーミットを道案内として託してはくれたものの、それでもきっと心配でならなかったのだろう。そんな親心はわからないではないので、俺とイサトさんは二人だけで苦笑交じりのアイコンタクトを交わした。

「ただいま、おかーさん、村長！　イサト様の使うモンスターって本当凄くてね、空を飛んでエルリアまであっという間だったんだよ！」

アーミット自身は、自分がどれだけ心配されていたのかあまり実感がないのか、無邪気に母親へと今回のエルリアへの道行を報告している。

エルリアの話を聞きつつ、女将さんがちらりと俺らへと目礼を寄越した。

俺も、小さく頭を下げて返しておく。

「さて、話した通り食糧を確保してきたので――……、どこに置いたら良いのか案内して貰えないか?」

「確保……、ですか?」

一方イサトさんは、食糧関係の話を村長との間で進めている。

村長が訝しげなのは、俺やイサトさんが出て行ったときと同じように手ぶらに見えるからだろう。

「えっと……、これぐらいの箪笥を置ける場所を用意して欲しいんだ」

これぐらいの、とイサトさんは箪笥を空中に描いて見せる。

村長はますます訝しげな顔になった。

こればっかりは実際に見せて説明するしかないだろう。

「とりあえず、場所を用意してくれたら説明するよ」

「はあ……」

村長は首を捻りながらも、俺らを村のほぼ中央に位置する立派な倉庫へと案内してくれた。

「ここは、村の皆が共用で使っている倉庫です。昨夜の襲撃で、中にあった穀物はすっかり燃えてしまいましたが……」

「片付けておいてくれたのか、助かる」

倉庫の中は、ところどころ煤けた痕跡は残っているものの、燃えカスのようなごみはすっかり片付けられた後だった。ところどころ壁に開いていた穴も、綺麗に修復されている。

俺らが村を留守にしている間に、本当に食糧を提供して貰えるなら、と他より優先して準備をしてくれていたのだろう。倉庫の片付けを手伝ったのだと思われる村人たちも、俺たちが何をするのか気になるようで、こちらを遠巻きに取り囲んでいる。

「それじゃあ秋良青年、箪笥をとってきてくれるか？」

「あいよ。持てない分は出しちゃうから、イサトさん拾って持ってきてくれ」

「了解」

エルリアでやったのと同じように、俺は鍵を取り出すと『家』へとアクセスして箪笥を引っ張り出してくる。手順としては先ほどとは逆だ。俺が持ち切れず、家の中の床に置いてきた米袋をイサトさんが拾い集める。

その箪笥を、広々とした倉庫の片隅にちんまりと設置した。

倉庫が広い分、余計に箪笥は小さく見えた。

……まあ、引き出しは一段、仕切りが三つあるだけの小型箪笥なので、実際小さいのだが。

村長どころか、周囲にいる村人たちからの疑惑の眼差しが肌に刺さるように感じられる。彼らにとっては死活問題なので、真剣になるのも当然だ。

これ以上やきもきさせてしまう前に、俺はインベントリにしまっていた米袋を周囲に積み上げるように放出した。

「……!?」

「……!!」

どさどさどさどさどさどさどさどさ。

周囲を取り囲んでいた村人たちが息を呑むのがわかるが、気にせずの大放出。

一袋2kg程度の米袋が、どんどんと俺の周囲に積みあがって行く。

「そういや、この辺で米って喰うか?」

「はい、この辺では育てられないので割高にはなってしまいますがエルリアの市で手に入れることは……」

「じゃあ食べ方を教える必要はなさそうだな」

村長さんは呆然としつつも、俺の問いに答える。

わざと周囲に積んでみせた米袋を、次々と箪笥の中へと収納して、俺とイサトさんは村長へと向き直った。

「というわけで、この箪笥の中には今見ただけ……、というかそれ以上の米が入っているので、それだけでもしばらくは食いつなげると思う」

「まあ……あくまで主食だけなので、調味料とかおかずとか、そういうものは自力で用意して貰うことにはなると思うんだけども……それは大丈夫そう？」

「だ、大丈夫です、それぐらいならなんとか……！」

心配げに首をかしげたイサトさんに、村長はこくこくと勢いよく頭を縦にふる。

本当ならば、おかずになりそうなものも一緒に用意出来たなら良かったのだが、残念ながら量の持ち合わせがなかったのだ。

箪笥に入れられるのは三種類と限られているので、量がないものを入れるわけにはいかない。

「私が大型箪笥を作れたら良かったんだけどなあ」

「スキル的には？」

「作れる。が、素材がなかなか揃わなくて」

「…………」

スキル的には大型箪笥を制作可能なレベルに達していたらしい。

コノヤロウ。

思わずジト目で見やれば、イサトさんは「やべっ」という顔をして俺からふいっと視線をそらした。そして、そのまま誤魔化すように村長へと説明を始める。いろいろと問い詰めてやりたいが、今は邪魔しないでおくとしよう。命拾いしたな、イサトさん《おっさん》。

「この箪笥には三種類のものであればほぼ無限に入れることができるよ。今は米がそのうちの一つを占めているので、あと二種だな。私たちとしては、残りの二つに砂トカゲのドロップするパフェと、デザートフィッシュのドロップする砂握りを入れるつもりだ。他に何か入れたいものがあれば、そっちを優先してくれてもいいけれど。どうする？」

「そ、そうしていただけると助かりますが……ですが本当に女神の恵みを手に入れることが出来るのですか……？」

「っていうか、その米もドロップ品だからな」

「……ひ!?」

村長から変な悲鳴が出た。

本当にこの世界においては、モンスターからのドロップが珍しいものであるらしい。ゲームの時と変わらず普通にドロップ品を手に入れることが出来る俺らからするとそれはなんだか不思議な感覚で、イサトさんと二人で顔を見合わせる。

「そんな貴重なものを、こんなにたくさんいただいてしまっても、本当によろしいのですか……？」

「構わないよ」

「ああ」

「使い方はそこの引き出し開けば普通に取り出せると思う。何度か実際に出し入れして試してみてくれ」

そう言って、イサトさんは一歩下がって村長へと箪笥の前を譲る。村長はおそるおそる箪笥へと手をかけ、その引き出しの中から米の袋を一つ取り出した。ずっしりと手に伝わる米の重みで、それが紛い物や幻の類いのものではないと実感したのか、村長はそのまま米の袋を胸に押し抱くようにして小さく肩を震わせ始めた。

きっと……、自分の代でこの村を終わらせてしまうことに対して、責任を感じていたんだろうな。

「お二人にはどれほどの感謝をしたら良いのか……きっと貴方がたは女神の遣わした救世主に違いありません……！」

「いやいやそんな大したものでは」

「本当、出来ることをしただけだからな」

ぎゅっと俺の手を掴んで、涙ながらに感謝の言葉を繰り返す村長に、なんだか背中がくすぐったくなる。俺たちを取り囲む村人の中には、手を擦り合わせて拝むような仕草を見せている人までいる。やめれ。拝むのはやめれ。

が、これだけ喜んで貰えると、やって良かったという充足感が胸に満ちる。

「俺らはこのまま狩りに出るから、村長さんらは炊き出しを始めててくれ。朝は、食事にありつけなかった人もいるんだろ？」

「はい……！」

村長さんは勢いよくうなずくと、早速周囲にいた村人らに指示を出して米を運ばせ始めた。米を手に取り、歓声をあげながら外に運んでいく村人の姿に、俺は目を細める。朝に見た、悲壮な光景とは段違いの活気に満ちた姿だ。きっと、それこそがこの村の本来のものなんだろう。

「それじゃあ俺らは狩りに行くか」

「ン。基本は砂トカゲとデザートフィッシュ、後はまあ、適当に倒して良いものドロップしたら食糧として提供する感じで行こうか」

「そうだな」

この辺りのエリアで一番多く湧くのが砂トカゲとデザートフィッシュだ。それ故に量を集めるならば効率重視でこの二種のドロップ品にターゲットを絞ってはいるがその他にもモンスターはいる。

さて、この世界に来て初めての狩りに行くとしようか。

＊　＊

狩りはいろんな意味で散々だった。

いや、成果としては問題なかったのだ。

ちゃんと目的通り、持ちきれないだけの砂握りや砂パフェ、それと砂系素材を確保することは出来た。

ただ問題は。

「……なんで迷子になるかな、あんた」

「いやだってエリア感覚でいたから……」

次々とスキルを発動させて手に入れた砂系素材で砂レンガを作りながら、イサトさんがしょんぼりと肩を落とす。

この砂レンガ、生産系スキルのチュートリアルで造ることになるため、ＲＦＣのプレイヤーならチュートリアルをスルーしていない限りは造ることが出来る。

スキルで造るので、実際に砂レンガを造るとなれば必要な日干しの手間を省くことが可能だ。チュートリアルの中で、急遽《きゆうきよ》砂レンガが必要になった際には大層お役立ちだぞ、とＮＰＣに言われた時には、そんなマニアックな機会なんてあるわけねーだろ、と思っていたのだが。

あった。

炊き出しの良い匂いが漂う中、村の片隅で砂レンガを量産しながら、俺はじとりとイサトさんを見やる。

本来なら楽勝であったはずの食糧集め。

イサトさんがうっかり砂漠で遭難したため、途中からはモンスターを探しているのかイサトさんを探しているのか、という有様だった。

敗因は、ゲーム時代の感覚を今も引きずっているせいだ。

ゲーム時代であれば、各エリアはワープポータルで区切られているため、一つのエリアはそんなに広くないのだ。特にこの辺りは初心者向けだけあって、一つ一つのエリアは小さく区切られていた。その感覚であったため、俺は説得に負けてイサトさんを砂漠に放流することにしたのだ。

昨夜遭遇した得体の知れない男のこともあって、俺としては出来るだけイサトさんを一人にすることは避けたかったのだが……効率を主張されると、確かに二人で狩るのは時間がかかり過ぎた。お互い一撃必殺なのに、モンスターはそう固まって現れるわけでもないため、常にどちらかの手が空いている、というような状態になってしまっていたのだ。それよりは二手に分かれた方が、確かに効率は良かった。

周囲に気を配り、見慣れぬ人、見慣れぬモンスターを見かけたら速攻帰還、を約束させて別れて。もしかしたら、迷うんじゃないか、と俺が気づいたのは、モンスターの姿を追って村からある程度離れてからのことだった。

ふと振り返った先に村が見えなくなっていたことに、漠然とした恐怖を感じたのだ。辺り一面に果てしなく広がる――……ように見える砂漠。村が見えなくなってしまえば、俺に土地勘はない。一度目を閉じてぐるりとまわりでもしたら、きっと自分がどこから来たのかすらわからなくなってしまうだろう。

それで俺は慌ててまだかすかに残っていた足跡をたどって村が見える位置まで戻ったのだ。

ちなみにイサトさんは、目の前のモンスターを倒しまくり、遭難していることにすら気づかずひたすら砂漠を彷徨っていた。

まだイサトさんがグリフォンを連れていたのならそう心配もしなかったのだが、残念ながら少しでもアイテムを持てるようにと、イサトさんは俺の「家」にグリフォンを置いていっていた。

おかげで俺は、慌てて村で地図とコンパスを借りてイサトさんを探すことになったのである。

「ステータス的に砂漠で放置しても死にはしないとは思ってたけどさ」

「はい」

「昨夜のこともあるし……心配しました」

「ごめんなさい」

次々と砂レンガを量産しつつ、俺はさもイサトさんの失踪に心を痛めていましたという風な顔を装ってイサトさんを見やる。いや、実際死ぬほど心配したわけなんだが。

無自覚に砂漠で失踪していたイサトさんは、さすがに反省したのかすまなさそうな顔をしている。

実際のところ、エリアという概念が現実となったこの世界ではなくなっていることを失念していたのは俺も同じだ。たまたま俺の方が気づくのが早かった、というだけで、決してイサトさんが一方的に悪いというわけではない。

が、それでも俺が心配したのだと訴えれば、イサトさんが反省するであろうということは俺は長年の付き合いからわかっていた。

「反省しましたか」

「反省しました」

「じゃあイサトさんに罰を与えます」

「……はい」

よし。

「じゃあ明日一日ナース服ね」

「うえええええええ!?」

俺、ぐっじょぶ。

＊　＊

そしてナース服である。

それからのナース服である。

半眼で睨まれてはいるものの、それすらも今はご褒美だ。

「……どうよ、これ」

褐色肌のイサトさんに、白のナース服はとてもよく似合っていた。

対比がとても色鮮やかだ。

あくまでコスプレ用のなんちゃってナース服であるため、そのデザインはナース服である、というニュアンスこそ伝わってくるものの、実在するナース服とは明らかにかけ離れていた。

形として近いのは、襟ぐりの大きく開いた丈の短い白のトレンチコート、といったところだろうか。おかげでスカート部分はタイトなラインを演出しつつも、巻きスカートに近い形状をしている

ために動きを邪魔するということはない。

イサトさんが動く度に布の合わせがちらちらと動くのがなんとも艶《なま》めかしい。もうちょっと動いたら下着が見えてしまうんじゃないのか、と思うのだが、それがなかなか、重ねられた布はイサトさんの動きに合わせて柔軟に形を変えて下着の露出を防いでいる。

大きく開いた胸元からは、形の良い鎖骨と、その下の谷間が下品にならない程度に覗いていて、なんとも言い難い婀娜《あだ》っぽさだ。巨乳、というわけではないイサトさんだが、胸元を留めるボタンがちょうど胸の真下にあるせいで、その形の良い膨らみを強調すると同時、ウェストの華奢なくびれを鮮やかに描き出しているのが良い。

……たまらん。

長い銀髪の上に、きちんとナースキャップが載ってるのもまた良い。あまり衛生的ではない、ということで実際の病院では廃止されつつあるが、やはりナースといったらナースキャップである。

「良い」

しみじみと悦に入ったように言えば、イサトさんの半眼はますます細くなった。

「もう脱いで」

「駄目」

最後まで言わせず却下する。

罰ゲームはあくまで「今日一日ナース服」である。

着て見せてはいおしまい、では味気なさすぎる。

「くっそ……、今度君が何かしたら、お花ビキニ着せてやると今ここに誓った」

「やめれ」

お花ビキニ、というのは宴会用ネタ装備として運営がバラまいた男女兼用の衣装である。胸と股間で花が咲く、というカオスな形状をしていて、言うまでもなく男女兼用だったせいか装着率は男の方が高かった。ゲーム内のおっさんも確か一度着てたような気がする。

「……でも、アレだ、約束はナース服を着るというだけで、他は何の制約もなかったはずだ。だよな？」

「うん？」

イサトさんの確認に、俺は首を傾げつつも頷く。

どうするつもりなのだろうか。

ナース服の上から、何か重ねて着るつもりなのか？

俺が首を傾げている間にも、イサトさんはごそごそとインベントリを操作するように指を空中に滑らせ――……。

「――…」

俺は思わず、黙りこんでしまった。

ナース装備は、それはそれはイサトさんにとても良く似合っていたのだが。

足元がナースサンダルで、なんとなく寂しいな、と思ってはいたのだ。

生足が惜し気もなく晒されている当たりは評価したのだが、なんとなく違和感をおぼえてしまって。

それが今。

イサトさんの脚は太腿《ふともも》のあたりまでぴっちりと黒の編み上げブーツで覆われている。いわゆる編み上げニーハイブーツ、というやつだ。やばい。これやばい。

「い、いいいいい、イサトさん？」

「ふっふっふ、これで生足は晒さずに済む」

そんなに生足晒すの嫌だったのか。

なんてのはさておき。

黒く、てらりと艶めかしく輝く革の質感が綺麗なイサトさんの脚のラインをこれでもかというほどに強調していて、正直生足よりこっちの方が相当エロいと思うのは俺だけか。

おそらく若干特殊な性癖を持ち合わせる御仁ならば、間違いなく踏まれたがる。

俺ですらちょっと踏んでみない？　なんて軽い調子で口走りそうになった。

「ちなみにそのブーツはどこから？」

「ミニスカ赤ずきんに合わせようと思って持ってたんだ。アルティならナース服とミニスカ赤ずきんのどちらかで選択を迫ったら間違いなく赤ずきんを選ぶだろうと思っていたからな」

「なるほど」

確かにアルティならナースか赤ずきんかで迫られれば赤ずきんを選びそうだ。本来ならどっちも突っぱねてもいいだろうに、二択で迫られると人間マシな方を選んでしまいそうになるものなのである。そこにつけ込む気だったらしいイサトさんもなかなかにロクでもない。

「さらにこうすれば、っと」

イサトさんがふわり、と広げたのはこの世界に来てからイサトさんの元で大活躍している俺のマントだ。

斜めに肩で留めるようにしてしまえば、ほとんどナース服は見えなくなってしまった。惜しい。と、思っていたのだが。

隠れたら隠れたで、イサトさんが歩く度にちらりとマントのスリットから覗く黒革のブーツだったり、褐色の絶対領域だったりがエロくて俺の目を愉しませてくれた。やっぱり拝んでおこう。

＊　　＊

予定として、エルリアの街で、やろうと思っていたのは装備の調達と冒険者としての登録だったのだが……。

そのうち、目的を果たせたのは冒険者としての登録だけだった。

女神の恵みがなくなってしまったこの世界において、装備品として取り扱われているのは、真っ当に木や鉄、動物の革で作られたものがメインで、俺らが使うようなモンスター素材を使っているようなものはなかったのだ。

見た目だけなら装備としてしっかりしているようにも見えるが、実際の防御力でいったらイサトさんのナース装備の方がまだ高い。

そんなわけで、エルリアの街で装備を整えるのは諦めた。

というか、この世界においては装備品は自作するしかないかもしれない。

イサトさんが服飾スキル持ってて良かった、としみじみ思った瞬間である。

ちなみに、イサトさんは有言実行で俺に木刀を買ってくれた。

出会った時のことを思い出すな、なんてチェシャ猫のように口元をにんまりさせて差し出された木刀に、なんだかとてつもなく嬉しくなってしまったのは秘密だ。

武器の性能としてはカスとしか言いようがないのだが、俺のステータスならこれぐらいのハンデがあってもいいだろう。まだ手加減できるほど戦闘を重ねていないので、これでうっかり誰かを殺す、なんてことは避けられそうだ。

本当なら、回復薬も購入しておきたかったのだが……。

「こ、こんな下級ポーションに大金は出したくない……っ」

というイサトさんの一言で、しばらくは食糧で回復を間に合わせることにした。

女神の恵みが失われたことと関係しているのか、下級ポーションですら0を一つか二つつけ間違えたんじゃないのか、という価格で販売されていたのだ。

そりゃ上級ポーションを二本も使って助けられたアーミットや女将さんがガクブルするわけだ。

幸い金には困っていないので、どうしても必要ともなれば買うこともできたのだが……今のところポーションが必要となるような戦闘を行う予定はない。しばらくはお互いの手持ちの分だけでも何とか間に合わせられるだろう。

そもそも初心者の街エルリアには、俺らが普段戦闘で使う上級ポーションは売られていない。もともと保険のつもりだったので、イサトさんと話しあった結果今回はスルーすることにした。

＊　＊

そして、冒険者登録。

女神の恵みがなくなり、モンスターを倒しても何の旨みもなくなってしまったが故に、冒険者という概念がすっかり廃れたとアーミットが言っていたのは本当のことだった。

かつて俺らが「冒険者ギルド」と呼んでいた場所は、今ではすっかり酒場になってしまっていた。

確かにゲーム内でも、ギルドの横合いは酒場になっていて、そこで様々なクエストを受けることが出来るようになっていたのだが……。今はもう、かつてのギルドの面影すらなくなってしまっている。

隅っこに小さくギルドのカウンターがありはしたのだが、その中に人はおらず、何年も前から放置されているのか、黄ばんだ書類が乱雑に重ねられていた。

駄目元で声をかけてみたところ、なんと酒場の主人が冒険者ギルドのマスターを兼ねていた。

「あんたたち、冒険者になりたいの？　珍しいね」

最初は限りなく胡散臭い相手を見る目で俺らを見ていた酒場の主人だったが、俺らが遠くからやってきた旅人だという話をすると少しその目つきを和らげた。

「すまないな。この辺りだと冒険者になりたがるのは正規の職にあぶれたならずもんばっかりなもんでな」

なんでも、モンスターを倒して街を守るならば街務めの兵士になるし、商人の護衛のような荒事交じりの仕事ともなれば傭兵《ようへい》になるのが今は一般的なのだそうだ。

結果、冒険者というのは「何でも屋」に近い扱いになってしまっており、職業として他よりも低く見られているらしい。

それでも冒険者になりたいと主張してみたところ、半ば呆れたような顔をしつつも、冒険者カードを作ってくれることになった。

「んじゃ、この石版に手を置いてくれるか？」

言われるままに、俺は石版の上に手を乗せる。

何らかのマジックアイテムであろうそれは、俺が手を乗せたとたんうっすらと発光して……何も起きなかった。

「……あれ？」

「ん？」

酒場の主人が訝しげに首を傾げる。

「おっかしいな。これであんたたちの情報が読み取れるはずなんだが」

「情報？」

「ああ。この石版は使用者の記憶を読み取る魔法がかけられてるんだよ」

「記憶を読み取る……？」

「そうそう。あんたたちの国にはなかったか？」

「なかったな」

イサトさんも知らないようなので、きっとＲＦＣ内では出てこなかった設定なのだろう。

「記憶を読み取るといってもそんなに警戒することはないぜ。これは設定された事柄に対する記憶を読み取って、数値に置き換えてくれるんだよ」

そういって、酒場の主人は実際に自分で実演して俺たちにその様子を見せてくれた。酒場の主人が石版に手を置くと、石版はうっすらと発光し――……、虚空へとホログラムを浮かべた。そこに表示されているのは、いわゆるステータス画面だ。

酒場の主人の姿と、その隣には冒険者としてのレベルや、その他彼が持っているジョブのレベル、それと装備品などが書かれている。

「俺の場合はこうして商いもやってるもんだから、冒険者よりも商人としてのレベルが高いってわけだ」

「なるほど」

文字通りの「経験値」だ。

それぞれのジョブに関する記憶のみを読み取り、数値に置き換え、レベルとして表示してくれるのだろう。

「ここに書かれている数値が高ければ高いほど熟練、ってことだな」

「熟練ってことは……、そのレベルの数値が高いからといって強いわけではない、ってことかな」

「お、よく気づいたな」

酒場の主人曰く、経験値はあくまでどれだけの経験があるのかを数値にしただけのものであるので、レベルが高くても具体的に何に熟練しているのかはこの数値だけでは判断がつかないこともあるらしい。

簡単な例え話にすると、ドラゴン一匹倒してレベル30なのか、それともレベル2のトカゲを15匹倒してのレベル30なのか、数字からはわからない、ということだ。

「後はそうだな……、人を殺してしまった場合もひっかかるな」

「犯罪防止に？」

「そういうこった。人を殺した『経験』のある人間は、この石版で記憶を読み取った際にアラートが鳴るようになってるんだ。そうなったら兵士を呼ぶのが決まりになってる」

酒場の主人の言葉に、少しだけどきりとした。

一昨日の夜、勢いで盗賊の男を殺しかけたのはまだ記憶に新しい。

ついでにあの得体の知れない男も思いっきり殺すつもりで斬り倒している。

イサトさんが止めてくれたのと、アーミットが助かったこともあって、盗賊の方はどうにか寸止めすることが出来たが……これ、下手すると俺はひっかかるんじゃなかろうか。

同じく盗賊退治の夜のことを考えていたのか、少しの間考えこんでいたイサトさんが口を開いた。

「正当防衛の場合はどうなるんだろう？」

「『人を殺した』という記憶に反応してアラートは鳴るようになってるから、正当防衛だろうが何だろうが反応するようになってるな。だから、もしもやむなく誰かを殺すようなことになった場合は、正式に届け出を出してアラートを解除することになってるよ」

治安を守るための工夫、ということだろう。

盗賊にしろ、あの得体の知れない男にしろ、トドメは刺していないのでセーフ、ということにならないだろうか。

まあ、今のところ、記憶の読み込みの段階で詰んでいるわけなのだが。

「なんで駄目なんだろうな」

「私はどうだろう」

イサトさんが横合いから手を伸ばして、石版に触れてみる。

石版は俺の時と同じようにうっすらと光を放ち……、やっぱりそれだけだった。

「この国の人間にしか発動しないってことはないんだよな？」

「や、そういう縛りはないはずだが」

酒場の主人も難しい顔をしている。

そのうち何か思い当たることがあったのか、酒場の主人がぽんと手を鳴らした。

「あんたたち、何か魔法に対抗するアイテム持ってねーか？」

「魔法に対抗？」

「たまに、そういうアイテムに反応して作動しないことがあるんだよ」

「ああ、なるほど」

イサトさんは納得したように頷いて、もう一度石版に触れた。

先ほどの繰り返しかと思いきや……、石版はうっすらと光った後、虚空にイサトさんのステータスを映しだした。

「あ、すげー。イサトさんどうやったんだ？」

「たぶん私ら、魔法防御が高すぎて、自動的にレジストしちゃってるんだと思う」

「ああ」

納得。

RFC内ではレベルが上がれば、キャラのステータスも成長していた。俺らほどの高レベルともなればベースとなるステータスもそれなりに高くなっている。

「なので、跳ね返さないで甘んじて受けるイメージで行くとイケた」

「了解」

石版に触れることで発動する魔法を、意識的に受け入れる。

ただし、あの薄気味悪い男を斬りつけたことだけは隠すイメージは残しておく。

万が一ひっかかったとしても、正当防衛を主張するつもりではいるが……、出来るだけ面倒は避けたい。それに、アーミットを殺した相手に対してですら「殺すな」と口にしたイサトさんに対して、逃げる相手を殺すつもりで背中から斬り倒した、ということはやはり言いにくかった。

ビビリと呼びたくば呼べ。これでも真人間を目指して生きているのだ。

引っかかりませんように、と念じながら石版に触れれば、うっすらと光を放った石版は無事に俺の記憶を読み取ってステータスを表示してくれた。

……隠蔽が上手くいったのか、そもそもあの記憶が犯罪コードに接触しなかったのかが悩ましい。

「よし、あんたたち二人ともアラートは出なかったし大丈夫そうだな。今カード発行してやるからちょっと待てよ」

酒場の主人は、カウンターの下からごそごそと無地のカードを取り出す。

そして、そのカードを石版の上に重ねて何やら呪文を唱えた。

石版が強い光を放つのは一瞬。

「あいよ、これで出来た」

酒場の主人から渡されたカードには、先ほどホログラムで表示されたのと同じ俺のステータスが書き込まれている。なるほど、あの石版でデータを読み込み、それを端末であるカードに複写する形で個人の身分証明を作成する、という手順であるらしい。続いて、酒場の主人がイサトさんのカードを作る。

「そのカードは自動的にあんたたちの記憶と同期してレベルに合わせて書き換わっていくからな。何かヤバいことをしたら、そっちでもアラートが発生するから気をつけろよ」

石版で読み込みが必要なのは、カードを作る最初の一回だけで、後は端末であるカードだけでも個人の記録は日々重ねられていくらしい。なかなか便利だ。

身分証であるカードを手に入れた俺たちは、酒場の主人に礼を言って酒場を後にした。

＊　　＊

そして、広場に戻り。

そこで俺たちは、互いのカードを突き合わせた。

「……なんか、レベルものすごく低くないか？」

「……うむ」

俺たちのカードには、どれも低レベルとしか言いようがない数字ばかりが並んでいる。全ジョブのレベルを詳細に覚えているわけではないが、それでも低すぎる。

「たぶん……私たちが把握している『強さ』の値であるレベルと、ここで使われてる『熟練度』のレベルは別物なんだろうな」

「でも、それでも俺らは結構な量のモンスターを倒してきてるぞ？」

「ゲームの中、でね」

「あー……」

確かに言われてみれば、実際に戦闘を行ったのは一昨日の盗賊戦が初めてだ。

ステータス自体はゲーム時代のものをそのまま引き継いではいるものの、それら全てに実戦としての記憶があるかと言われれば答えはノーなので、そう考えるとこのレベルの数値は妥当なのかもしれない。

「身分証で異様な数値が出ちゃって面倒なことになるよりは、いろいろ誤魔化せて便利だよ」

「確かに」

きっと俺らのレベルやステータスは、この世界においては規格外だ。

あまり喧伝したいものではない。

「というわけで、エルリアでの目的は果たしたわけだけど……これからどうしようか」

「とりあえず元の世界に戻りたいが――……、やっぱりアレって秋良青年が使ってしまった謎のアイテムが原因なんだろうか」

「……たぶん」

俺のうっかりミスが現状を招いたのかと思うと、罪悪感が疼《うず》く。

イサトさんはそれに気づいたのか、ちらりと俺を横目で見上げると、ぽん、と軽く俺の腕を叩いた。気にするな、と言葉にされるよりもわかりやすい所作だ。

「あの洞窟のラスボスのドロップ品、なんだよな？」

「ああ。見た目は普段使ってる転移ジェムと変わらない。ただ、色が青じゃなくて緑だった」

「紛らわしいな」

「だから間違えたんだよな。すまん」

「たぶん拾ったのが私でも同じミスをしかねないので、正直責められない」

ぽんぽん。

宥《なだ》めるように、イサトさんの手が柔らかなリズムで俺の腕を叩く。

「その謎のジェムで私たちがこちらに来てしまったということは――…、シンプルに考えて、同じアイテムで戻ることが出来るんじゃないだろうか」

「それはあり得るな」

あの謎のアイテムに、世界を移動する力があるのなら。

もう一度あのアイテムを使えば、元の世界に戻ることが出来る可能性は高い。

……まあ、まったく別の世界に転移させられてしまう可能性もなきにしもあらずだが。

「でも……、正直この状態であのダンジョンに挑むのはキツいよな」

「キツいな」

あの時、ラスボスの一部を撃破できたことが奇跡だし、ラスボスの元までたどり着けたこと自体が偶然の産物なのだ。もう一度やれと言われても確実に倒せる自信なんてどこにもない。

それに、ゲームだった時と違って、ここは現実の世界だ。

回復が間に合わなければ、死ぬ。

ゲームの時のようにデスペナを喰らって死に戻りをするわけではなく――……、そこにあるのは正真正銘の死だ。

そんな状態で、いくら元の世界に戻るためとはいえ、死ぬ確率の方が高いダンジョンに挑む気にはなれなかった。

「だからと言って、諦め良くこの世界に永住する、と決める気にもなれないよな」

「同感。元の世界に戻るための努力は続けたいところ」

「それなら……、これからしばらくの行動方針としては、ダンジョン攻略の準備といったところか」

「そうだね」

「俺は……装備はこれで良いとして、やっぱり回復アイテムとイサトさんの装備を整えたいな」

「そうだなあ。装備品を作るためには、それなりに高レベルのモンスターのドロップアイテムが必要になるから、まずはポーションを作るってのが妥当じゃないか？」

「うむ」

二人で話しているうちに、次々と今後の方針が決まっていく。

まずはポーションを安定して供給できるようにするのが先決だろう。

低レベル帯をうろうろするならば必要ないが、高レベルのエリアに足を踏み入れるならばやはり回復アイテムは必須だ。

イサトさんには強力な回復魔法を使うことの出来る召喚モンスター、朱雀がいるが、朱雀は攻撃力はそれほど高くない。朱雀を出している間、イサトさんの攻撃力がアテにならなくなる、というのは痛手だ。

それに、モンスターに戦闘を任せつつイサトさんには精霊魔法で援護もしてもらわなくてはならない。そうなると、ＭＰを回復するためのアイテムも必要になる。

「それじゃあ、しばらくの間はポーション類を作ることを目標にして行動するか」

「それならまずはエスタイーストかな。エスタイーストにアンデッドの城があるだろう？　あそこの薔薇《ばら》姫がドロップする花の蜜が必要なんだ」

「他には？」

「後はノースガリアの最北端にある神秘の泉の水。あと、ポーションを入れるための瓶を作るためにガラスの欠片がいるな。ガラスの欠片はサウスガリアンの火山地帯にいるゴーレムがよくドロップする」

「……イサトさん、一言言っていいか」

「どうぞ」

「すこぶる面倒くさい」

「……言うな」

ポーションを作るために材料から揃えようと思うとこんなにも手間がかかるものなのか。面倒くさいことこの上ない。

が、俺らには「家」という便利アイテムがある。

「家」の扉は一定の条件を満たす場所であれば、そこへのショートカットを登録することが出来る。Aという場所から「家」に入ったとしても、登録さえしてあればBという場所に出ることが出来るのだ。その条件はずばり、ＮＰＣの家がある非戦闘エリアであることだ。

その条件を満たしてさえいれば、ある程度どこでもいいわけなのだが、ほとんどの「家」持ちの冒険者は各大都市のギルドの扉と、後は自分がよく行く狩場の近くの街や村に設定している。

俺もそうなので、各大都市までの道のりは「家」を使ってショートカットすることが出来る——

…はずだった。

「な、なんで移動先がありません、なんてことになるんだ」

「……扉が朽ちたか、登録先が『ゲーム内の大都市』で設定されてしまっていたかのどっちかかな」

「うわあああああああ」

俺は頭を抱えた。

イサトさんは遠い目をしていた。

つらい。

＊　＊

「家」が使えなくたって、俺らには移動手段ぐらいいくらでもある（強がり）。

そう自分に言い聞かせている俺と違って、イサトさんはなんだかそんなにダメージを受けているようではなかった。慣れたように、雑貨屋で購入したマップを広げてここからならどの順番で巡るのが一番効率が良いかを考えている。

何故そんなに心が強くあれるのかを考えて、もともとイサトさんは「家」をまだ持っていなかったので、その便利さの恩恵を知らないからなのだと気づいた。

騎乗できるタイプのモンスターにまたがり、ＲＦＣの世界を縦横無尽に駆け巡って素材を集めまくっていたイサトさんに死角はない。

「そういえば……なんでエスタイーストから先に行こうって言いだしたんだ？　距離的には、サウスガリアンからまわった方が楽じゃないのか？」

ここ、エルリアはトゥーラウェストに属している。

「西↓東↓南→北」よりも、右回りに「西→北→東→南」で行くか、逆に左回りで「西→南→東→北」で移動した方が効率的なような気がしてならない。

それに対してイサトさんは、確かにそうなんだけどな、と前置きしてからその辺の事情を教えてくれた。

「私、結構倉庫がぱんぱんなんだよ」

「あー……」

ある程度ゲーム暦が長くなってくると、どうしても持ち物は増える。二束三文の簡単に手に入るアイテムであればどんどん売り払うなりなんなりすることも出来るのだが、中にはなかなか出ないちょっとレア、ぐらいのアイテムもある。そういうアイテムは、出ない時の苦しみがわかっているため、なかなか売り払うことが出来ないのだ。そして、そういう「ちょっとレア」なアイテムというのは意外と種類が多いのである。

いつか使う時に困らないように、とストックはしておきたいのだが、そうやってストックしていくうちにどんどん倉庫は圧迫されていく。重量に関係なく一つのマスに何個でも詰め込めるというのが倉庫の特徴なのだが、マスの数は課金でもしない限り増やすことは出来ない。

　俺の方も大体イサトさんと似たりよったりで、倉庫と「家」の箪笥が両方あるのにわりとギリギリだ。

「だから、あんまり不良在庫を残したくなくてな。上位ポーションを作るのに必要なのは薔薇姫の落とす花の蜜と、ゴーレムが落とすガラスの欠片と、神秘の泉の水なんだけども……、そのうち一番ドロップ率が低いのが薔薇姫の花の蜜なんだ。神秘の泉はただ水を汲《く》むだけなので、確実に手に入るしな」

「それでイサトさんは、いつも最初に花の蜜を集めて、花の蜜の数だけガラスの欠片を用意して、ポーションを生成しに北に向かうわけか」

「そういうことだ」

　移動の労力よりも、出来るだけ倉庫の空きを作ることを優先した結果、そういう順路になるらしい。

「『家』があれば話はまた別なんだけどな……」

　ちらり、と羨ましそうにイサトさんが俺を見る。

「イサトさんが精霊魔法使いとして俺とパーティー組めるようになったらな」

「何十年後の話だ」

「何十年引っ張る気だ」

そんなにメインジョブのレベル上げたくないのかこの人は。

ふす、とイサトさんは不満そうに鼻を鳴らしているが、俺としては何十年もかけてメインジョブ放置で何をしたいのかイサトさんを問い詰めたい。生産マスターにでもなる気なのか。というかそれでもウン十年あればそろそろメインジョブ育ててくれたっていいんじゃないのか。

「そういえば……簞笥の素材も基本は東だっけか？」

「そうだな。植物系の素材は大体東で手に入った気がする」

イサトさんに簞笥さえ作ってもらえば、俺の「家」におけるアイテム量を増やすことができる。

それならば、イサトさんが言うように先に中央のセントラリアを経由して東に向かっても良いかもしれない。

「んじゃ、先に東から向かうか。途中、中央のセントラリアで『家』の登録をしておけば、東から南に行くときにはセントラリアまでショートカットしてから南に向かうことも出来るし」

「そうだな。まずは東で簞笥の素材を集めて……それからあのアンデッドの城行って薔薇姫ドロップ集めようか」

そうと決まれば早速東に向かおう。

俺は、広げていたマップを畳んで懐へとしまいかけ……何か妙にうずうずしているイサトさんと目があった。

「……なに」

聞くのも怖いが、聞かないともっとアレなので一応聞いておく。

「東って植物系ドロップ多いじゃないか」

「多いな」

「花の種とか薬草の種ドロップしたら君んちに畑作ってもいいk」

「全力で却下」

なに人んちを魔改造しようとしてやがる。

＊　＊

大まかにエルリアからセントラリアを経由してエスタイーストに行く、とは決めたものの、その途中にはトゥーラウエストがある。そこで小休憩を挟み、トゥーラウェストの冒険者ギルドの扉をそっと「家」に登録した。

こうして登録しておけば、「家」の扉がそのまま登録先の扉になる、というど◎でもドア的な使い方が出来るのだ。ただ、ど◎でもドアと違って必ず行先は事前に自力で登録しなければならないし、登録できる数も七つと限られている。

ゲーム時代の俺は、主要都市五つと、その時の狩場から一番近い非戦闘エリアを登録していたものだが……現在そのログが消えてしまっているため、いちいち現地に行って登録しなおさなければいけないのが非常に面倒だ。

トゥーラウェストは、エルリアよりも規模の大きい街だ。

何せＲＦＣの舞台となるアスラール大陸にある五つの都市国家のうちの一つである。

主要都市ならば……、と期待を込めてのぞいたトゥーラウェストの武器屋や雑貨屋では、エルリアとほとんど変わらない品揃えしか並んではいなかった。一応、エルリアより良い道具や装備が取り扱われてはいるのだが……いわゆるゲーム内でいう店売り装備だ。大した性能ではない。しかもそれが、ゼロを付け間違えたんじゃないのか、という値段なのである。

「………」

「………」

ないわー。

俺とイサトさんは二人で緩く首を左右に振って、それらの店を後にした。

店員が若干予算もないのに高い品に手を出そうとした身の程知らずを見るような目で見ていたような気がするが、それすらも逆に哀れに思えてしまった。

俺らが知らない間に、この世界では何が起こってしまったのだろう。

いや、俺らが知らない間に、というのは語弊がある。ここは俺らが「ゲームとして」知っている世界によく似た異世界なのだから。

だが、見知った世界によく似ているからこそ、その差異が目立つ。

この世界はこんなにも色あせていたものだろうか。

この世界はこんなにもつまらないものだっただろうか。

なんだか、溜息が零れてしまった。

＊　＊

移動は、今回もイサトさんのグリフォンを使った。

俺も一応騎乗用のモンスターはもっているので、陸路を行くことも考えたのだが……アーミットの言っていたように、モンスターの使役がレアであるのならば、多くの人が使う街道でモンスターに乗って移動というのは悪目立ちしてしまう可能性が高い。それならばグリフォンに乗って空を行き、都市が近くなったところで人目につかないところに降りる、というのが一番楽で穏便な方法なのではないかという話に落ち着いたのだ。

空の上なら、地上から例え見つかったとしても背に乗っている俺らの姿まで見えるかどうかは怪しいし、万が一、人が乗っているように見えたとしても俺らの顔までは判別することは出来ないだろう。

トゥーラウェストで一泊した次の日、俺らは再びのんびりとグリフォンの背に乗り、セントラリアを目指す。

最初はグリフォンの速度や高さに硬直していたイサトさんだが、少しずつ慣れてきたのか、腕の中に抱えた身体からも緊張が程よく解けている。

こてんと、俺の胸を背もたれ代わりに、すっかり寛いでいるようだ。

どれくらい飛んでいただろうか。

ふと、眼下に広がる景色が少しずつ種類を変えてきたのに俺は気づいた。

「イサトさん、そろそろセントラリアが近いかも」

「ん?」

「ほら、下」

「どれどれ」

下を見るのはまだ少し怖いのか、イサトさんは手綱を取る俺の腕を握りつつ、そろっと身を横に乗り出して下を見下ろす。

先ほどまではひたすら砂しかなかった世界に、ぽつぽつと植物の彩が加わり始めている。視線を持ち上げると、次第にその緑は色合いを濃くしていき、最終的には草原地帯が遠くに広がっているのが見えた。

「こういうの見ると……ファンタジーっていうか、随分と遠くに来たなって感じるよなあ」

「本当に。日本じゃ見られない光景だ」

二人、双眸を細めて眼下の景色を眺める。

日本にいた頃はリアルの情報など何も知らず、ネトゲでしか接点を持っていなかった俺とイサトさんが、今こうして異世界で二人より添い合って空の上から景色を眺めているなんて、本当に不思議だ。

と。

まるで、そんな緩みきった俺らに警告するようにグリフォンが鋭い鳴き声をあげた。見れば、ぶわりと首元の毛が逆立っている。警告するように、ではない。明らかにグリフォンは何かに警戒している。

「……なんだ？」

「周囲には何も見えないけども」

左右前後には、ただただ抜けるように青い空が広がっているだけだ。

そして眼下には、牧草地帯へと姿を変えつつある大地が続いている。

左右前後、そして下に異常がないならば……答えはきっと。

「秋良青年、ちょっと手綱を貸してくれ」

「ん」

貸してくれ、と言いつつ、イサトさんは俺の手の上から重ねるようにして手綱を握った。そして、ぐいと軽く引いてグリフォンの高度をあげる。

ぐんぐんと地上が遠くなり、うっすらと周囲が白くぼやける。

まだ呼吸が苦しいというほどではないが、結構な高度だ。

それとも、こんな場所でも息苦しさを感じないのはゲーム内のステータスが反映されているおかげなんだろうか。

大きく羽ばたいたグリフォンが低くたなびく雲を突き抜け――……上空へと躍り出る。

そこで見たものに、俺とイサトさんは揃って絶句した。

「おいおい、嘘だろ」

嘘であってくれ、という願いをこめて呟いた俺の声が圧倒的な現実を目の前に虚《むな》しく響く。

そこに浮かんでいたのは、巨大な飛空艇だった。

ごぉんごぉんと低く空気を震わせているのは、エンジンなのかそれかもっと魔法的な何かなのかはわからないがとりあえずその飛空艇の動力源だろう。

が、俺たちが絶句したのはそのせいではなかった。

飛空艇なら、ゲームの中でも見たことがある。

高額ではあったが、各主要都市を結んでいて、俺らプレイヤーも利用することが出来た。といっても、乗り込んだところでワープポータルが発動して、次の画面ではもう目的地についている、というショートカット的なものでしかないのだが。

だから、飛空艇だけならばこんなにも驚かなかった。

飛空艇だけならば。

——飛空艇は、大量のモンスターに襲われていた。

地の船体が見えないほど、びっちりと飛空艇の表面に張り付いた無数のモンスター。うごうごと蠢《うごめ》き、まるで飛空艇自体が巨大な一匹のモンスターであるかのような異様な光景だ。

時折、火花のようなものが散るのは、張り付いたモンスターが飛空艇の装甲をこじ開けようとしているからなのか。

こういうシーンを、子供の頃アニメ映画のワンシーンで見たことがあったような気がする。すれ違いざまに、大量のモンスターに覆われた機体の窓から、こちらにすがるような目を向ける少女と、主人公は目があってしまうのだ。

そう。

まさに——こんな感じに。

本来なら景色を眺めるために、遊覧飛行を愉しむために作られたはずの大きな窓の向こう、恐怖に青ざめた家族が立ち尽くしているのが見えた。

見えて、しまった。


「イサトさん、つけてくれ」

「……了解」

そんな短いやりとりで、俺らは行動を起こした。

イサトさんが鋭く手綱を鳴らしてグリフォンを操る。

身を翻し、グリフォンがさらなる高みへと翔けあがった。

それを、俺たちがこの飛空艇を見捨てたと判断したのか、窓の向こうに見える家族の顔にますます絶望の色が濃くなったのがちらりと見えた。

「もう少し、まってろ」

届かないとわかっていてもそう呟いて。

俺は手綱から手を離すと、グリフォンの上に身を起こした。

インベントリを操り、装備をイサトさんの買ってくれた木刀から本来の大剣へと切り替える。

「甲板……っていうかとりあえず上のところに君が降りられそうなスペースを作る。が、おそらく降りると同時に囲まれるから心の準備はしておけよ」

「了解」

イサトさんの口調が硬く、荒い。

何時の間にか取りだされた禍々しいスタッフが、雷撃を孕《はら》んでバチバチと唸る。

グリフォンが飛空艇へと急襲をかけるのと、イサトさんの広範囲雷撃呪文が炸裂するのはほぼ同時だった。

雷撃は飛空艇の表面に群がるモンスターの中心に突き立ち、その周囲にいたモンスターを巻き込んで炸裂する。弾かれるように、モンスターの群れが表面から引き剝がされ、地上へと落ちていった。その空いたスペースへと、グリフォンが最も接近したタイミングで俺は――……、跳ぶ。

内臓が浮くような独特な浮遊感を経て、ずだん、と飛空艇の上へと着地。空いたスペースを埋めるように押しかけたモンスターに対して、俺が剣を抜くよりも早くグリフォンの鋭い前脚の爪がそれらを豪快に蹴散らした。右の前脚でモンスターを薙《な》ぎ払い、左の前脚が飛空艇を蹴ってグリフォンが一旦飛空艇から距離を置く。その数瞬が、俺が体勢を立て直すまでに必要な時間の全てだった。

「秋良、死ぬなよ！」

「そっちこそ！」

遠のきながら叫ばれたイサトさんの言葉に叫び返したものの、聞こえたかどうかは怪しい。俺は大剣を構え、こちらに押し寄せるモンスターを睨み据えた。

甲板で蠢くモンスターのほとんどを、俺はゲーム内で見知っている。

どれもレベルは俺よりもはるかに格下で、恐れるような相手ではない。

――……ゲームならば。

でもこれはもうゲームではない。

実戦だ。

カラットの村を救うために倒しまくったモンスターよりは図体もでかく――……、いかにも凶悪なモンスターといった風情に満ち溢れている。

見渡した中、何種類ものモンスターが混じって押し合いへし合いしている甲板上特に目立つ二種が目に入った。この二種が一番数が多い。

一種は本来ならば妖精樹と呼ばれるエリアに棲息《せいそく》するドラゴンフライ。通称トンボ。ほとんど昆虫のような外見をしているが、名前にドラゴンとつくだけあって実際はドラゴンの一種だ。全長が2m前後と大きめなあたり、なるほど、確かにドラゴンの系譜に連なるモンスターだけある、と実感してしまった。ゲームの中では妖精樹フィールドのいたるところに出てくる雑魚扱いで、もうちょっと小さめに見えたものだが。百足《むかで》のような体軀《たいく》に、トンボのような細長い羽が三対。ぎちぎち、と聞こえるのはこいつの歯が鳴る音だ。

もう一種は、エルリア砂漠エリアの地下にあるピラミッドダンジョンに棲息するスカラベ。大きさはサッカーボールほど。不思議な光沢のある外殻はどれも同じように見えるが、青みがかっているのがオスで、赤みがかっているのがメスだ。オスは物理攻撃に強く、魔法攻撃に弱い。そして逆にメスは物理には弱いが魔法攻撃に強い。

あと、その他に目がつくものといったら小型のワイバーンぐらいだろうか。こいつもヴァールイ山脈の麓に棲息していたはずなのだが。大きさはドラゴンフライとほぼ変わらないが、見た目はより竜らしい。皮膜で出来た翼を持つトカゲというか、鱗の生えたプテラノドンというか。

「……いろいろおかしいだろう、がッ」

ぼやきつつ、飛びかかってきたスカラベを一刀両断。

フルスイングで殴り飛ばして、俺に向かって威嚇音を放っているドラゴンフライにぶつけてやろうと思ったのだが、切れ味が良すぎた。真っ二つになったスカラベは、ぼとぼとと甲板に落ちて動かなくなる。

この飛空艇は、航路からしておそらくトゥーラウェストを出発してセントラリアを目指していたはずだ。

だから、スカラベがいるのはまだわかる。

本来はスカラベもエルリア近郊の地下ダンジョンに棲息するモンスターで、普通ならそのエリアから出てくるはずがないのだが……、まあそれはまだ大目に見よう。他の連中に比べたらまだスカラベの方が納得できる。

だが、ドラゴンフライやワイバーンはおかしい。

妖精樹があるのはセントラリアを中心に考えたときの南東のあたりだし、ヴァールイ山脈があるのは北の、ノースガリアのあたりだ。

スカラベだけなら、地下で異常繁殖したモンスターが地上に迷い出て異常行動に走ってるのかとも思うが、ドラゴンフライやワイバーンまでいるのではそうと考えるのも難しい。この辺り一帯の……ここ、ＲＦＣの舞台となっているアスラール大陸中のモンスターの行動パターンが、俺の知るものとはかけ離れている、ということなのだろうか。

俺の知る限り、この三種は全てリンク系の非アクティブモンスターだ。こちらが攻撃を仕掛けない限りは、襲ってくることはない。ただし、一匹に攻撃を仕掛けると、その周辺にいる同種が全てこちらを敵と認識して襲ってくることになる。

そんなモンスターらが、何故群れで飛空艇を襲っている？

この飛空艇が軍属だとかなら、まだ納得もできる。

演習か何かで迂闊《うかつ》にモンスターを倒し、それにリンクしたモンスターが深追いでもしてしまっているのかと思うことが出来る。

いや、それでも何故大陸各地のリンクモンスターがこの飛空艇に群がっているのか、という理由を説明するのは難しいか。トゥーラウェストを出発した飛空艇に、何故ヴァールイ山脈のワイバーンに追われる人間が乗りこめるのか。何故、妖精樹のドラゴンフライに追われる人間が乗りこめるのか。この数に追われていたならば、飛空艇が飛び立つより先に発見されて大騒ぎになっているはずだ。

そんなことを考えつつも、俺は次々と大剣を振るってモンスターを斬り捨てていく。が、斬り捨てても斬り捨てても、無限に湧き続けているのではないだろうかという勢いで、次々とモンスターは俺へと押し寄せてくる。

一匹一匹の強さは大したことないものの、集団で囲まれると厄介だ。

何せ、俺は空が飛べないのである。

体当たりでも喰らって吹っ飛ばされれば、ＨＰ的には問題なくとも、重力的な問題でアウトだ。この高さから落ちたら、さすがの俺でも死ぬような気がする。あんまり試したくはない。

足場に気を遣いつつも、俺は次々と目の前に押し寄せてくるモンスターどもを斬り捨てていき——、やがて、モンスターの向こうに何か異様な物体が存在していることに気付いた。

「……っ、なんだよ、あれ」

思わず声に出して呟く。

それは、一応形としては人間に近いフォルムをしていた。

頭部と、それに繋がる二足歩行型の四肢。

だが、それは明らかに人ではなかった。

なんせそいつの表面はねっとりとした黒色で覆われているのだ。

特殊な性癖の方々が好む全身ラバースーツを着た人間を想像してもらうと、今俺の目の前にいるモノに近くなるかもしれない。顔までもぴっちり覆った全身ラバースーツだ。その表面から艶を消してヌメッと泥っぽくしたならば、大体あっていると思う。そしてそのだらりと下げられた四肢はそれぞれが甲板に沈み込んでいる。どう考えても妖怪か何かだ。生半可に人間に近い形状をしているせいで余計に気持ちが悪い。リアルはもちろん、ＲＦＣのゲーム内でも見たことないタイプのモンスター……?だ。

それなのに。

そのはずなのに。

何故か俺には、そいつに既視感《デジャヴ》があった。

初めて見るはずの存在なのに、受ける印象に覚えがある。

見た目以上に感じる、得体のしれない薄気味悪さ。気持ち悪さ。不快感。

「……ッ、カラットのアレか！」

アレだ。

俺が燃え盛るカラットの村で目撃した気持ちの悪い男。

盗賊団の中に紛れ込んでいたはずなのに、誰にも覚えられていなかった男。

俺の防御力を通してダメージを与えるだけの攻撃力を持ち合わせ、燃え盛る焔《ほのお》の中に消えて――、
それきり消息を絶っていたあの男だ。

何か、関連があるのか？

印象は非常によく似ているとはいえ、カラットの村で遭遇した男は一応ちゃんとした人間だった。

ちゃんとした人間の形をしているのに、ちぐはぐな違和感が気持ち悪かった。それに比べるとこちらは見た目からして気持ち悪いので、素直に気持ち悪い。

……「気持ち悪い」がゲシュタルト崩壊してしまいそうだ。

その気持ち悪いヌメっとした人型は、俺が見据える先でゆらり、と揺らめいて。

じゅぶるッ

「!?」

いきなりそいつの四肢から伸びた黒い触手がこちらに向かって伸びてきた。

気持ち悪い！

気持ち悪い！

ちょー気持ち悪い！

俺は慌てて手にしていた大剣を一閃、それらの触手が俺の身体に触れる前に切り落とす。

特に抵抗もなく簡単に切り落とせたものの、逆にその一撃は相手にとっても痛手にはなっていないようだった。黒い人型は気にした様子もなく、ゆらゆらと揺れている。

もしかしなくとも、カラットの村で喰らった攻撃もこれだったのだろうか。

何か鞭のようなもので攻撃されたと思っていたが……身体の一部が変形して飛んできたのだと思うと、ますます気色悪くなった。

その一方で、人を殺す、という一線を越えてなかったことに少し安堵《あんど》もする。

人の形をしていようが、変形したあたりで人外とみなしても良い気がしてならない。っていうかアレは人外だ。そう決めた。

そんな他愛もない自己暗示で、ささやかな罪悪感すらさらっとなかったことにしてしまえる俺は、やっぱりちょっとロクでもない。思わず口の端が自嘲めいて吊り上がる。

それはまあさておき。

とりあえず。

今の攻撃により、アレが敵であることだけはわかった。

正体は不明ながら、こちらに対する敵意はアリ。

それならば、ただ斃《たお》すのみだ。

ぶっころ。

俺は大剣を構えると鋭く踏み込み、黒の人型へと接近を試みる。

黒い触手がのたうち、俺を捕まえようとするものの、片っ端から斬り捨て……後一歩で人型が間合いに入る、というところで横合いからスカラベの体当たりを喰らった。

「ち……ッ！」

ダメージとしてはそれほど大きくはない。が、体勢が崩れる。

そこを逃さず殺到する黒い触手。

アレに捕まったらどうなるのかは不明ながら、それを自らの身体で試したいとは全く思わない。

空中で体を捻り、背面跳びめいた体勢で無理くりに大剣を振るって迫りくる触手を斬り落とす。

次の瞬間背中から甲板に落ちて、痛みに息が詰まった。が、そのまま転がっているわけにはいかない。触手はもちろん、この甲板上にはドラゴンフライやワイバーン、スカラベといったモンスターどもも大量にひしめいているのだ。即座に跳ね起きて大剣を構える。

「……………」

黒い人型は、俺を仕留め損なったことに対しても特に残念そうには見えない。ただ、ゆらゆらと揺れている。甲板に沈み込むように伸ばされた四肢が、本来硬い物質であるはずの甲板が水面であるかのようにゆらゆらと見え隠れしながらのたうっている。あの触手に物質を潜り抜ける能力があるとした場合、いきなり足元から突き出てきた触手から不意打ちを喰らう可能性を考えておいた方が良い。

百舌鳥《もず》の早贄《はやにえ》、もしくはヴラド・ツェペシュ《串刺し公》の犠牲者風になるのは避けたい。

ますます信用ならなくなった足場に顔をしかめつつ、俺は敵である人型を睨み据える。

先ほどのスカラベは、まるであの人型を助けるようなタイミングで俺に攻撃を仕掛けてきた。もしかすると、あの人型がこの事態の下手人なのだろうか。あの人型が、モンスターを集めてこの飛空艇を襲わせている？

だとしたなら、あの人型を倒さない限り、この飛空艇はどうにもならない。

「くっそ、」

呻いて、俺はしっかりと大剣を握りなおした。

ゲーム時代のステータスを引き継いでいるのなら、無茶なフィールドに突撃しない限りは楽勝だと思っていた少し前までの俺の頭をどつきたい。

実戦は思っていたよりも過酷である。

不安定な足場、得体のしれない敵、そして何より、自分が死ぬかもしれないという恐怖。

せめて、実感が欲しかった。

己の振るう一撃一撃が、あの黒い人型にダメージを与えているのだという実感が。

こちらに向かって伸ばされる黒い触手をいくら切り落としても、すぐにまた新しく再生してしまうのだ。例え微量ながらも、それでダメージが与えられているのならば、持久戦だって辞さないが、それが無為な行為に過ぎないならば、何か違う手を考えなければいけない。

ヌメっと知らん顔しやがって腹立つ。

苦痛に呻く声も、勝ち誇る笑みも、何もないヌメっとした顔に殺意が湧く。

その殺意をモチベーションに大剣を振るうものの、キリがない。

焦れた俺は、先ほどの繰り返しになることも覚悟しつつ、接近戦に挑む。

俺を搦《から》め捕ろうと伸ばされる触手をかいくぐり、避けきれなかった分は切り落とし、人型へと肉薄する。案の定モンスターが邪魔するように俺の動線に乱入してくるものの、その辺りは計算済みだ。不意打ちはもう喰らわない。素早く大剣を振るい、目の前に立ちふさがったドラゴンフライを斬り捨て、その横をバックロールターンで擦り抜ける。元バスケ部舐めんな。

そして、ようやく目の前にたどり着いた人型に大剣を振り下ろした。

ずぷりと水をたっぷりと含んだズタ袋でも斬り捨てたかのような感触が俺の手に伝わる。最後まで振り下ろした俺の大剣は、確実にその人型を袈裟斬りに両断したはずだった。

だが……。

ず、と人型は少し斜めに断面でズレただけで、すぐにヌメヌメと糸を引くようにして元の形に留まった。黒い人型が撓《たわ》む。それが俺への反撃の予備動作であることはあまりにも明らかで——

避けきれるか。

俺は少しでも距離をとろうと背後へと飛び退り、そこを追撃するように触手が突き出される。

それはもう俺を搦め捕ろうとするというような曲線を描くものではなく、そのまま触手で俺を貫こうという意志が感じられるような鋭い直線での攻撃だった。

大剣で弾こうとするものの、身体の中心、急所を狙ったものを防ぐだけで精いっぱいだ。

触手が手足を掠めて熱感にも似た痛みが生まれる。

このやろう。

カラットの村と同様に、いともあっさりと人型の攻撃は俺のガードを潜り抜けた。

俺の攻撃は効いているかどうかも不明だというのに、相手の攻撃は己に届く、なんて。

なんたる理不尽。腹立たしい。

ざすッ、と多少体勢を崩しながらも人型から距離を取ることに成功した俺が顔を上げたところに、次の触手が迫りくる。スローモーションのように、ゆっくり触手の先端が俺の身体に喰らいつこうとする様を眺めながら、俺は己が得るであろうダメージと、即座に可能な反撃を脳内でシミュレートする。

そして。

「させるか……ッ!!」

高らかにイサトさんの声が響き渡った。

「イサトさん……!?」

悪手だとわかっていても、触手から目をそらして顔をあげてしまう。

そこでは、ワイバーンの襲撃をかいくぐって接近したイサトさんが、ダークレッドのマントを鮮やかに靡かせながら黒い人型の上に飛び降りるところだった。その手には、逆光でよく見えないものの先ほどと変わらずスタッフが握られているように見える。

「ば……ッ!」

馬鹿野郎、と叫びかけた声すら喉奥で潰れた。

何考えてんだあの人《おつさん》。

あの人型の攻撃は、俺にすら通るのだ。

俺などよりもはるかに紙装甲のイサトさんがあの攻撃を喰らったならば、いったいどれほどのダメージを喰らうことになってしまうのか。自分が触手に刺し貫かれようとしていた時よりも、よほど血の気が引いた。

どれほど引き留めたくとも、すでに遅い。

イサトさんが落ちる。

スタッフを携え、重力を味方につけて、一直線に落ちる。

頭上から響いた風切り音に、はっとしたように黒い人型が顔をあげて頭上をふり仰ぐ。

その胸を、イサトさんは全体重と、落下の勢い、その全てを乗せて、スタッフで貫いた。

でも、まずい。

あの人型に物理攻撃は効かないのだ。

さっき俺が斬りつけた時の二の舞だ。

「逃げろイサトさん……!!」

そう叫んで、イサトさんを援護すべく駆け寄ろうとして気づいた。

俺を刺し貫こうと伸ばされていた触手の追撃が、未だ俺に届いていないことに。

「え……?」

人型が、悶《もだ》えていた。

まるで悲鳴でもあげるように虚空をふり仰いだまま、四肢をのたうたせる。

……攻撃が、効いてる?

びくん、びくんとわななくように震える人型。俺に向かって突きだされていたはずの触手が、力を失ってぐにゃりと甲板に落ちている。

なんで。

どうして。

イサトさんは何をした？

俺は再びイサトさんへと視線を向けて——…、思わず噴きそうになった。

イサトさんが手にしていたのは、確かにスタッフだった。

だが、それはあの禍々しいものではなく。

鮮やかな、それでいてドリーミィにマイルドなピンク色に、可愛らしい星をモチーフにした装飾。

きらきらと輝く大粒の宝石で彩られたそれは、どこからどう見ても可憐な魔法少女ステッキだった。

「何やってんだあんた！！！」

何故この状況でネタに走ってるのか。

全力で突っ込みたい。

というか、何故俺の大剣では駄目で、イサトさんの魔法少女ステッキでダメージが通るのか。

いや、今は考えている暇はない。早く、イサトさんを援護しなければ。

「イサトさん、退け！」

ダメージは与えたが、まだ仕留めたわけではない。

甲板をのたうっていた触手が、ぞわりと鎌首をもたげる。

獲物に狙いを定めた蛇のよう、ゆらゆらと揺れたそれが、一息にイサトさんの足元へと押し寄せる。

「ち……ッ」

イサトさんの得物である魔法少女ステッキは人型の胸に突き立ったままだ。

魔法攻撃を補助するスタッフ抜きで魔法が使えるのかどうかを、俺は知らない。

下手をすると、イサトさんは今反撃、防御、そのどちらもが出来ないことになってしまう。

「この……ッ！」

イサトさんは何とか人型の胸に突き立った魔法少女ステッキを引き抜こうと試みていたものの、それより先に這い寄った触手によってその足を搦め捕られてしまった。

ぐらり、と体勢を崩しながらも、イサトさんは意地のようにステッキから手を離そうとはしない。

片足を捕まえた触手が、勢いよくイサトさんの身体を持ち上げ、その勢いでずるりとようやくステッキが人型の胸から抜けた。

しなやかな細身が、ぶらりと逆さまに宙に浮く。

「あ……ッ！」

「イサトさん……！」

小さな悲鳴に、ふつりと体温が上がる。

何とかしなければ。

早く、イサトさんを助けなければ。

あの人は紙装甲なのだ。

触手の攻撃に晒されれば、俺とは比にならないほどのダメージを受けかねない。それに、スカラべはまだしも、ワイバーンやドラゴンフライの物理攻撃なら下手をしたらイサトさんには通る。

イサトさんがずっと上空からの援護に徹していたのは、それがわかっていたからだ。不確定な人型の攻撃を警戒していただけでなく、イサトさんは俺にとっては雑魚も同然のそれらの物理攻撃を恐れて近づこうとしていなかったのだ。

自分が、接近戦の物理攻撃にはとことん弱いとわかっていたから、イサトさんは自分の身が危険に晒される可能性を鑑みた結果、上空からの援護に徹していた。

だが、今イサトさんは触手に摑まってしまった。

このまま甲板に叩きつけられ、動きがとれないでいるうちにワイバーンやドラゴンフライにたかられれば――……、最悪、死ぬ。


死ぬ。


この、世界で。

まだ何もわからないまま、イサトさんは死んでしまう。

誰よりも本人がその事実をわかっていたはずなのに、イサトさんは黒い人型に頭上からの接近戦を仕掛けた。それは、俺のせいだ。俺を助けようとして、イサトさんはそんな無茶をやらかしたのだ。だから、今ここで俺が何かしなければ、イサトさんは俺のせいで死んでしまう。

俺は、俺のせいでたった一人の道連れを失ってしまう。

駄目だ。助けなければ。でもどうやって。人型までは距離がある。俺が距離を詰めている隙に、イサトさんをあらぬ方向にぶん投げられでもしたら、間に合わない。だからといってこのまま見ているわけにもいかない。俺に、何が出来る？

こんな滅茶苦茶なわけのわからないゲームの世界で、俺に何が。

ああ、そうだ。

こんな滅茶苦茶なわけのわからないゲームの世界だからこそ。

出来ることが。

「――――」

息を吸う。

人型への距離は詰めない。

脳内に思い描くのは、いつもゲームの中で見ていたキャラ《俺》の動き。

それをトレースするように勢いよく、俺は剣を振り抜く……!!

「……っし！」

気合い一閃、虚空を切るだけで終わるはずだった俺の剣から放たれた見えない風の刃が、イサトさんを捕まえていた触手をすっぱりと断ち斬った。

そう。スキルだ。

俺自身が剣道経験者で、今までノーマルの物理攻撃だけで倒せる敵しかいなかったせいですっかり失念していたが、俺にも大剣スキルが本来ならあるのだ。

が、まだ安心は出来ない。

支えを失って落ちるイサトさんの落下予測地点まで、ダッシュ。途中風に煽られてひやりとしたものの、なんとか滑り込みのスライディングでその華奢な身体を受け止めることに成功した。

それなりの衝撃に呻くものの、喪う痛みに比べればなんのその、である。

「……ッ、イサトさん無事か!?」

「君のマントとナース服のおかげでどうにか……！」

装備のおかげで、少しなりとも防御力が上がっていたようだ。良かった。

安堵にぐにゃりと膝から力が抜けそうになるが、まだだ。

無事の再会を喜ぶ余裕もなく、俺たちはすぐさま体勢を立て直して黒い人型へと対峙する。

その背後に、音もなくグリフォンが降りたち、俺らへと迫りくるモンスターを打ち払い始めた。

イサトさんが援護を命じたのだろう。

「助かったよ、イサトさん」

「いや、助かったのは私の方だよ。ありがとう。そしてそれより、これを」

真剣な顔で、そっとイサトさんが俺へと武器を託す。

あの黒い人型にダメージを与えることに成功した、武器を。

「…………イサトさん」

「はい」

「しれっと何気なく当たり前のように渡されましたが」

「はい」

「これは一体」

「マジ狩る★しゃらんら★ステッキです」

「待って。ねえ待って」

いかに有効な武器だからといって、身長180超えのわりとガチムチ系男子である俺に魔法少女ステッキはどうかと思う。というか思い出したがそれ、運営が魔法少女ブームに乗っかって出したネタ装備じゃなかったっけか。何故そんなネタ装備があの黒い人型にダメージを与えられるのか、謎は深まるばかりだ。というか、緊張感。緊張感返せ。

「なんでそんなもん持ってるの」

「ナース服の仕返しに、そのうち君に押し付けようと思って」

ドヤ顔だよこの人《おっさん》。

「あのヌメっとした人、どう見ても邪悪だからな。聖属性の武器が効きそうだと思ったんだ」

「これ、聖属性なんです？」

「女神の加護のこめられたマジ狩る★しゃらんら★ステッキで変身することによって――……、乙女は女神の使徒として生まれ変わる、とかなんとか」

変身？

ものすごく聞き捨てならない単語を聞いてしまったような気がする。

「さあ、秋良青年。女神の使徒として、ヌメっとした人に鉄槌を」

めっちゃいい笑顔しやがって。

「でもほら、俺騎士ですし」

ステッキなんて渡されてもちょっと使えませんし。

「大丈夫。ほら、スタッフ系の武器は全部物理攻撃の際にはメイス扱いだから」

「……ぐぬ」

逃げ道を綺麗に塞がれて、良い笑顔でしゃらんら★ステッキを押し付けられる。

メイス扱いの長物なので、確かに使えないことはないんだろうが……。

マジ狩る★しゃらんら★ステッキを構えた俺は、未だかつてない悲壮感を背負っているような気がする。つらい。まじつらい。

「私は上空から援護するから」

「………………」

たぶん今の俺は死んだ魚のような目をしている気がする。

イサトさんは楽しそうにそう言うと、再びグリフォンに跨《また》がって上空へと駆け上がっていく。その際にちらりと、あの禍々しいスタッフを取りだしているのが見えた気がした。

せめて、あっちが良かった。

諦め悪く、未練がましい視線を向けてみるが、もうどうにもならない。

もはやさっさとやるべきことを片付けるのみである。

「くっそ、八つ当たりだ、思い知れ……っ」

インベントリに大剣を片付けて、代わりにしゃらんら★を構える。

そして、一息に黒の人型の懐へと飛び込んだ。

援護の言葉に嘘はなかったのか、俺の周囲では上空から降り注いだ焔の矢にモンスターが次々と撃ち抜かれて燃え上がっている。それは触手であっても同様で、俺に触れようとするはしから、上空から降り注ぐ攻撃魔法に撃墜されていく。

そして近づいた眼前、俺は思い切りふりかぶって――……、可憐なドリーミィピンクなしゃらんら★で薄気味悪い黒い人型をフルスイングで殴打する。

殴打である。

魔法少女ステッキで、殴打。

人間であればこめかみに該当するであろう位置に向かって、容赦なくしゃらんら★を叩きつける。

ぼしゅんッ、と鈍い音をたてて頭部が弾ける。血の代わりに、黒い靄《もや》めいたものが微かにしぶいた。

苦鳴を上げつつ黒の人型が蠢くが、それを気にすることもなく、そのままの勢いで今度は頭頂からまっすぐにしゃらんら★を叩きつける。想像してほしい。人相のよろしくないガチムチ体型の長軀が、魔法少女ステッキで黒いヌメっとした人型をたこ殴り。何の地獄絵図だ。

いっそ折れてくれねえかな、なんて思いつつ、容赦なく原型をとどめなくなるまで黒い人型をぶん殴る。時折反撃されたような気がしないでもないが、もう気にならなかった。致命傷さえ避けられればオールオッケーである。ただひたすら早く終わらせたい。

やがて、ぐずぐずに崩れた人型は、スライムのような塊に成り果てた。

もはや触手攻撃も止んでいる。

俺はトドメを刺すべく、その中心にしゃらんら★を突き立てる。

声にならない悲鳴のような、呪詛のような音を放ちながら、黒い塊がぶるぶると震えた。

そのまま滅ぶが良い。滅んでしまえ。

そんな俺の願いとは裏腹に、ぐずぐずと蠢いていた黒い塊は、溶けるように甲板へと染み込んでいく。

ちょっとまて。

まさか、逃げた？

半眼になる。

「手間かけさせてんじゃねえよさっさと死んでくれよまじで」

陰々滅々と呻きつつ、肩の上でガラ悪くしゃらんら★を軽く弾ませた。

こうなったらあの黒いドロドロ野郎が完全に動きを止めるまでぼこり倒す。ミンチにしてくれる。

足場である飛空艇がゴゥンと急に揺れたのは、そんな俺が殺意を新たにしているタイミングだった。

「うおっと……!?」

大きく斜めにぐらつき、俺は慌ててその場に膝をついた。ざざっとそのままの体勢で体ごと横に滑り、さすがに血の気が退く。手にしていた魔法少女ステッキをインベントリにしまい、代わりに取り出した大剣を甲板に突き立て、体を支えようとするが……。

「だから切れ味自重……っ!!」

俺のとっておきの武器は、飛空艇の甲板をあっさりと切り裂いてしまった。これでは体を支えるどころではない。そこに、高速で回転するスカラベが体当たりなんてのをしてきたもので、俺の身体はふわりと宙に浮いた。

「秋良ッ!!」

そこを、がし、と急降下してきたグリフォンの爪に身体を鷲掴みにされた。

気分は鷹《たか》に狩られた哀れなネズミか兎《うさぎ》、といったところだ。

だが、おかげで自由落下は避けられた。

「イサトさん、助かった!　状況は!?」

「君が撲殺しかけた黒いヌメっとした人が、諦め悪く人質を取ったっぽいな」

「人質？」

言われるままに眼下を見下ろして、俺は息を呑む。

イサトさんの掃討戦の成果か、モンスターのだいぶ減った飛空艇の表面に、まるで血脈のようにぼんやりと黒い触手が浮いていた。

確かにこれでは、手の出しようがない。

ヌメッとした物体にダメージを与えれば、それは同時に船体ダメージとなって本来助けたかったはずの乗客らを危険に晒すことになる。

「……イサトさん、何か良い考えは？」

「――ないことも、ない」

微妙な返事が返ってきた。

黒く脈動する触手に包まれた飛空艇に並んで飛びながら、イサトさんは言葉を続ける。

「ただ……下手したら、お尋ね者になるやも」

「それで乗客が助けられるなら、仕方ない」

「ものすごい借金背負うことになるかも」

「いいよ」

「……わりと最後は君任せな作戦だぞ」

「任せろよ」

やれというならやってやろうじゃないか。

俺はイサトさんを信じる。

イサトさんの判断を、信じる。

「……ありがとう」

そして、イサトさんが口を開く。

＊　＊

ぎちぎち、ぎちぎち。

鋭い鎌を左右に合わせたような牙を鳴らして、ドラゴンフライがこじ開けた穴から頭を突っ込み、飛空艇へと体をねじ入れようと無数の足を蠢かせる。

その視線の先には、へたり込んだ少女の姿があった。

魔の森に住む恐ろしいドラゴンの話は、これまで彼女にとっては御伽話《おとぎばなし》に過ぎなかった。モンスターの入ってこられない街で暮らしている限りは、出会うことのない怪物。そう、思っていたのだ。

この空の旅にしたって、本来ならば危険などどこにもないはずだった。

街と違って絶対にモンスターと遭遇しない、という保証はどこにもないが、これまで飛空艇がモンスターの襲撃にあったことなどない。

街道沿いには、好んで人を襲う上に、飛空艇の装甲を破ることが出来るほど強力なモンスターなど存在しないはずだったのだ。

それなのに、今彼女の乗った飛空艇は無数のモンスターに襲われ、今にも墜落しそうにがたがたと揺れている。

まるで悪い夢のようだ。

装甲を喰い破った醜悪なドラゴンフライが、柔らかな肉を求めてぎちぎちと牙を打ち鳴らす。ぞろぞろと穴の縁を蠢く脚がひっかく度に、少しずつ穴は大きくなっていっているようだった。

このままでは――……、船の中にモンスターが入ってくる。

「ひ……っ」

そう理解したとたん、彼女の喉の奥で悲鳴が潰れた。

ぼろり、と壁がまた少し剝がれて、ドラゴンフライの頭が彼女への距離を削る。

逃げなくては、と思う一方で、この狭い飛空艇の中で、いったいどこに逃げたら助かるのかという絶望が胸をひたひたと黒く染め上げていた。

どうあがこうと、助からない。

それならば、もういっそ。

諦めかけたそのとたん……、ごがんッ、と大きな音がした。

壁が崩れる。

ついにドラゴンフライが外壁を打ちこわし、飛空艇の中に入ってきたのかと、彼女はそう思った。強く吹きすさぶ風が彼女の金髪を乱し、一瞬視界を奪う。

このまま何もわからないまま喰い殺されて死ぬのかと思ったら、嗚咽がこみあげた。

怖い。こんなところで死にたくない。ドラゴンフライに喰われて死ぬなんて、そんな最期は厭《いや》だ。誰か。誰か。

「誰、か……っ、たすけ……っ、たすけて……っ！」

しゃくりあげながら、悲鳴をあげる。

「もう大丈夫だよ」

そう聞こえたのは、そんな時だった。

「……え？」

乱れた髪を手で押さえ、ゆっくりと顔をあげる。

先ほどまでドラゴンフライが頭を突っ込み、もがいていたはずの壁は、綺麗に吹き飛んでいた。

壁の向こうには抜けるような、こんな時ですら見惚《みほ》れてしまいそうなほどに綺麗な青空が広がっていた。そして、そこに立つ一人の男。

いかにも騎士といった態の格好をしているものの、そのどこにも所属している騎士団らしき紋章は描かれていない。無造作に手にぶらさげているのは、彼女がこれまでに見たどんな剣よりも美しい、幅広の大剣だった。

　黒髪黒目、少々人相が悪めに見えるほかは、特に特徴があるようには見えない相手。だが、彼が彼女を救ってくれたのは明白だった。先ほどまでぎちぎちと嫌な音をたてていたドラゴンフライはもういない。

　この通路には、彼女の他には誰もいなかった。

　そして壁に空いた大穴。

　彼は――……いかなる魔法を使ってか、そこからやってきたに違いなかった。

「あなたは……」

「ちょっとまってくれる？」

「あ、はい」

　彼は壁に空いた大穴から顔を出すと、外に向かって叫んだ。

「イサトさん！　無事中には入れたけど穴開けちゃったからこっからモンスター入るかも！　足止めできる!?」

　ばさり、と羽音が響く。

　またドラゴンフライか、と思った彼女の視界に飛び込んできたのは、まるで神話から抜け出してきたかのように美しい獣だった。猛禽の上半身に、獅子の下肢を持つ獣。

　その背には、見たこともない衣装に身を包んだ女性が跨っている。

「あんまり長くはもたないが、罠系の魔法を仕込んでおく！　しばらくは時間稼ぎ出来るはずだ！」

「了解、それじゃあ避難が済んだら合図を出すよ！」

「派手に頼む！」

「あいよ！」

呆然とする彼女の前で、そんな会話を交わして、男が再び彼女へと振り返った。

「君らを助けたいんだけど、他の人はどこにいる？」

＊　＊

乗り込んだ飛空艇内、ちょうどドラゴンに襲われそうになっていた金髪の少女を助けて、その子に案内を頼んでみた。

この非常時だ、怯えて駄目かもしれないと思っていたものの、彼女は気丈にも頷くと、俺を案内して小走りに走りだした。

身なりはかなり良い。

普段着ドレス、と言えばいいのか。

ある程度動きやすいように簡略化されているとはいえ、ワンピースと言ってしまうにはクラシックで凝ったつくりのその服は、いかにも上流階級のお嬢様、といった風だ。

「皆、あちこちにいるの？」

「いいえ、皆怯えてラウンジに集まっています」

「君は？」

「……その、何もせずにじっと飛空艇が落ちるのを待っていられなくて」

「なるほど」

なかなか勝気な少女だ。

彼女に案内されて足を踏み入れたラウンジには、最初に見かけた家族や、飛空艇を操縦していたであろう船員たちも皆集まっていた。絶望しきった昏い表情で、ただただ呆然と窓の外を眺めている。

「みなさん、話を聞いてください！」

彼女が大声で呼びかけると、のろのろとした動作で皆がこちらを振り返った。

「この方が、私たちを助けてくださるそうです！」

おおふ。

彼女の言葉に、俺に集中した視線はほとんどが逆ギレっぽい殺意の籠もった眼差しだった。適当なこと言ってんじゃねえぞ、と脅すような、というか。

その気持ちはわからなくもないが、そんな殺気だった目で見られると怖い。

「あんた、どうやって俺たちを助ける気なんだ。この状況で……どうしろってんだよ」

若い船員が、集団を代表するように口を開く。

他の皆は押し黙ってこそいるものの、同じ気持ちなのだろう。ここまで絶望してしまうと、簡単に希望に飛びつくわけにはいかないのだ。期待して、裏切られてしまえば簡単に心が死ぬ。それほどに彼らは追い詰められている。

「時間がないので詳細はおいといて……、ここにいるのが全員ですか？」

「ああ。モンスターの襲撃があって、すぐに船内の人間はここに集めた」

この人が船長だろうか。

貫禄ある初老の男性の言葉に、俺はラウンジにいる人間を見渡す。

「本当にこれで全員？」

「くどい。それでどうしようっていうんだ」

それだけ確認したら十分だ。

俺は、全員を見渡して……口を開いた。

「今から、あなたたちには全員異界に渡ってもらいます」

＊　　＊

そう。

それがイサトさんの考えた作戦の第一段階だった。

俺が飛空艇に乗り込み、中にいる人間を「家」へと避難させる。

「家」の外には畑に出来るほどの土地が広がっているし、飛空艇に乗り合わせている100名ちょっとぐらいなら一時的に収容することも可能だ。

「い、異界……？」

「ああ」

俺は、集団の中からあがった戸惑うような言葉にうなずいて、懐から「家」の鍵を取り出す。

しゃん、と軽やかな音とともに一振りすれば、清涼な風が吹き抜け、すぐに扉が召喚された。

「この扉は、安全な場所に繋がってる。あなたたちには、そこに避難してほしいんです」

俺が扉を開くと、その先には部屋の中央に箪笥しかない、殺風景な部屋が広がっている。

「今はこっちに繋がっているから室内のみなんだが、一度こちらからドアを閉じれば、その部屋の扉は外に繋がっている。狭苦しいのはちょっとの間だけだから、そこは我慢してくれ」

「「…………」」

誰も、何も言わない。

きっと、皆疑っている。

俺を信じて本当に助かるのか、これが何かの罠なのではないかと疑っている。

まずい。時間がない。

セントラリアの上空に突入する前には、終わらせたいのだ。

最悪、力ずくで全員無理矢理扉の中に突っ込むしか、と俺が焦り始めた時、すっと扉に向かって一歩を踏み出したのは、先ほど俺が助けた金髪の少女だった。

「この先は、安全なのですね？」

「ああ、約束する。こっちが片付いたら、すぐに出してもやれる」

「では——……、私は行きます」

彼女は、ラウンジに集まっている人々を見渡し、そう宣言した。

「この方は先ほど、私を助けてくださいました。それに——……、何か恐ろしいことを企んでいるのだとしても、ここに残ってもそのまま死ぬだけです」

彼女の言葉に、皆の間にざわめきが広がる。

そのざわめきに背を押されたように、おずおずと前に出たのは、最初に窓越しに目があった一家だった。

「私たちも、あなたを信じます。あなたは、助けにきてくれた。そうでしょう？」

「ああ、もちろん」

家族の肩を抱いた父親の問いに、俺はしっかりと頷く。

「なら、私たちはあなたを信じます」

最初に扉をくぐったのは、その一家だった。

続いて、金髪の彼女。

それが切っ掛けとなり、ラウンジにいた人々は顔を見合わせると次々と扉をくぐっていった。

「なるべく奥につめてください！　苦しいかもしれませんが一時の辛抱です！」

金髪の彼女の指示で、皆が身を寄せあい、なんとかラウンジにいた全員の「家」への避難が完了した。

「俺が扉を閉めたら、すぐに開けても大丈夫。その時には、安全な外に繋がってるから。ああ、でも、異界には違いないからあんまり遠くにはいかないように。探すのが大変だから」

そんな注意事項を述べて、扉を閉める。

ばたんと閉じた扉はすぐに虚空へと溶け込んで見えなくなった。

これで、この船に乗っているのは俺だけになった。

次は、イサトさんに合図をする番だ。

俺は、ふ、と浅く息を吐き、大剣を構える。

『ゲームの時は、飛空艇って攻撃できなかったし、ダメージ判定出なかったじゃないか』

イサトさんとの会話を思い出す。

ゲームの中では、街の中にあるオブジェクトはいくら攻撃しても破壊することはできなかった。

それは飛空艇も同様で、いくら強力なスキルを浴びせたところで、壊れるようなことはなかった。

だが、それもゲームの中での話。

『さっき、君の剣が甲板を切り裂いたってことは――……、この船、私たちにも壊せるってことだ』

脳裏に思い描くのは、ゲーム時代に散々使ってきたスキル。

「……ッ喰らえ！」

俺が剣を振り下ろすと同時に、見えない風の刃が放たれる。

っどぉんッ、と腹に響く音が響き、目の前の壁、天井部分が、そこに群がっていたモンスターごと見事に吹っ飛んだ。

びょうびょうと吹きすさぶ風が煩い。

これだけ派手に合図を送ったのだから、イサトさんも気づいてくれるだろう。

ああほら、すぐにグリフォンの羽ばたきが聞こえてきた。

「確かに派手に頼むとは言ったが、ここまで派手だとは思わなかった」

呆れたように言いながら、すっかり寒々しくなったラウンジにイサトさんがグリフォンの背に跨ったまま降り立つ。

「イサトさんの仕事を少し手伝おうと思って」

「なるほど、親切だ」

くつ、と喉を鳴らして笑い、イサトさんが俺へと手を差し伸べる。

腕力的にイサトさんが俺をグリフォンの上に引き上げるというのは無理な気がしてならないのだが、せっかくなのでその手をとり……、体重はほとんどかけないようにしつつ、とんと床を蹴ってグリフォンの背へと跨った。

「大取りは君に任せるが——、その前に私も一仕事するとしよう」

そう言って、イサトさんは獰猛《どうもう》な肉食の獣のような、それでいてどこか艶やかな笑みを浮かべた。

＊　＊

俺たちの作戦は、シンプルだった。

「家」を使って乗客を逃し、人質を解放した後にイサトさんが攻撃魔法で飛空艇を吹っ飛ばす。

通常の魔法攻撃では触手にダメージを与えられないことは織り込み済みだ。

その攻撃の目的は、触手の殻めいた飛空艇を破壊し尽くすことにある。

そして、逃げ場をなくして剝き出しになった黒い触手を今度こそ俺が始末する。

公共の交通手段を撃墜してしまうことに関しては流石に躊躇いもあったが、黒煙とモンスターを機体にまとわりつかせつつ、セントラリアへとまっすぐ高度を下げ行く飛空艇の姿に、そんな躊躇いも吹き飛んだ。

このままでは例え乗客が助かったとしても、今度はセントラリアの住民が犠牲になる。

大惨事は避けられない。

やるしかないのだ。

そう、覚悟を決めるところまでは良かった。

そこまでは。

乗客を救助して地上に降りるまでは、俺とイサトさんの思惑は完全に一致していた。

我ながら感動してしまうほどに以心伝心の、鮮やかで華麗な作戦展開だった。

が――問題は一度地上に降りて、「家」に避難させていた人々を外に出してやった後に起こった。

イサトさんはさも当然のように、

「じゃあちょっと行ってくる」

と、単身グリフォンで舞い上がろうとしたのだ。

「まてまてまてまてまて」

「ぐぇっ」

慌てて襟首を引っ摑む。

なんだかカエルの潰れたような声がしたが、気にしないことにする。

それよりも大事なことがある。

「何あんた一人で行こうとしてんだ」

「え」

グリフォンの背からずり落ちかけつつ俺を振り返ったイサトさんが、不思議そうに瞬いた。

このやろう、思ってもなかったことを言われたみたいな顔しやがって。

「俺も、つれてけ」

この状況で、イサトさんを単身で接敵させる気など俺にはない。

だというのに、イサトさんは困ったような、困惑したような表情で眉尻を下げた。

まるで聞き分けなく駄々をこねるガキを相手にする年長者のような顔だ。

「秋良青年が乗ってると重くて回避がしにくいんだ」

ぐぬ。

だが俺だって折れる気はない。

「回避しなくてもいいぐらい援護してやる」

「えー……」

ぶー、と謎のブーイングを喰らった。

「詠唱してる間に攻撃を仕掛けられたらどうするんだよ」

高位の、破壊力の大きい攻撃魔法ほど、発動までの待機時間は長くなる。

今イサトさんが使おうとしているような、高破壊力広範囲攻撃魔法ならなおさらだ。

実際に呪文を唱えているわけではないが、ゲーム内において詠唱タイムと呼ばれていたその時間の中では、魔法使いはそれ以外のことが出来なくなる。

途中で攻撃されたり、もしくは魔法使いが回避行動などに出ると、発動されようとしていた魔法は自動でキャンセル扱いになってしまう。それ故に、高位の魔法ほど使いどころが難しく、前衛とのコンビネーションが大事になるのだ。

だというのに、イサトさんは一人で行くと言う。

「紙装甲が無茶すんな！」

「当たらなければよかろうなのだ」

「それフラグだからな！」

フラグをたてて見事当たって落ちるところまでがおっさんの様式美だ。

全く安心できない。むしろ安心できる要素がない。

「……今回はイケる気がする」

根拠！

そのドヤ顔の根拠を言ってみろ！

引っ捕まえた襟首を、全力でガクガクと揺さぶりかけたところで――、イサトさんは仕方ないなあ、というように眉尻を下げた笑みと共に口を開いた。

「君はほら、最終兵器だから」

「……、」

それだけで、意図がわかってしまったことが腹立たしい。

イサトさんは、万が一に備えるつもりなのだ。

もしもイサトさんの作戦が失敗した時に、俺が一緒にグリフォンに乗っていた場合、俺はイサトさんと共倒れる。イサトさんに何かあって召喚が続かなくなった場合、俺は足場を失い、落ちて死ぬ。イサトさんは、それを避けたいのだ。

ああくそ。

なんで俺は飛べないんだ。

俺に単独での飛行手段があったのなら、イサトさんについていけただろうに。

ぐ、と置いて行かれる悔しさに口元を引き結んだ俺に、イサトさんがくつりと喉を鳴らして楽しそうに笑った。

「だから、地上からの援護を頼むよ。――私が、落ちないように」

「…………任せとけ」

もう、それしか言えなかった。

＊　　＊

それはなんだか、ちょっと夢みたいな光景だった。

グリフォンに跨ったイサトさんが、黒い触手に覆われた飛空艇へと迫る。

モンスターどもはすでにその中に誰もいないとも知らず、相変わらず群がっては装甲を破り、破れた穴から飛空艇の中に潜り込んでは破壊の限りを尽くしている。

飛空艇はだいぶ高度を下げたとはいえ、まだまだ高さは保っている。

この調子で進めば、墜落地点はセントラリアのど真ん中、というところだ。

——この調子で進めれば、だ。

俺が見つめる先で、イサトさんが例の禍々しいスタッフを一閃するのが見えた。

その動きに合わせて、飛空艇を圏内に収めて紫がかった光が複雑な魔方陣を虚空へと描き出す。

イサトさんがそこへ魔力を流し込むにつれ、魔法陣を形作る紫電はますます色濃く光を弾き、ところどころで魔法陣が生き物のように蠢き始める。まるで歯車の一つであったかのように、一つ、また一つと魔法陣の動きが伝播《でんぱ》していき、最終的には飛空艇を包み込むように展開された魔法陣全体が轟々と渦巻くような光に包まれた。

異変に気付いたのか、何匹かのワイバーンが術者であるイサトさんに向かっていくが、その攻撃をグリフォンが素早く回避する。

……確かにあの動きは、俺が乗っていては難しかったかもしれない。

さらに悪あがきめいてイサトさんへと伸ばされる黒い触手に向かっては、俺が地上から容赦なくスキルを発動させて風の刃でぶった切ってやった。ごう、と渦巻く風にブレそうになる太刀筋を腕力で抑えて、イサトさんに近づくものを撃墜する。対触手なので、しゃらんら★を使ってやりたいところだが、メイス扱いであるしゃらんら★では俺の大剣スキルが発動しないのだ。

早く、墜ちて来い。

今度こそトドメを刺してやる。

じりじりと殺意を燻《くすぶ》らせながら、俺は地上からの援護を続け……。

やがて、イサトさんの術が完成する。

イサトさんの持つスキルの中で、最強の攻撃力を誇る魔法攻撃。

ただ、発動まで時間がかかるのと、一発でイサトさんのMPを空にするほどの燃費の悪さで、実戦ではほとんど死蔵されていた。

カッと紫電が煌めき、魔法陣の外周が光の壁となり、対象である飛空艇とそこに群がるモンスターを纏めて閉じ込めた。飛空艇の先が、光の壁にぶつかってめきりとへしゃげる。一体どれほどの圧がかかっているのか。それを、光の壁はびくともせずに押し返す。

そこに、耳を劈《つんざ》く雷鳴と共に雲を割って幾筋もの稲光が降り注ぎ――、荒れ狂う紫電の奔流が魔法陣の中に取り込んだもの全てを灼《や》き尽くし、蹂躙する。周囲に、物が焼ける焦げた匂いがたちこめた。その匂いが、見ている光景が嘘ではないということを証明しているかのようだった。それほどに、幻想じみた光景だったのだ。グリフォンに跨り、圧倒的な攻撃魔法で人の生み出した叡智《えいち》の結晶たる飛空艇を破壊するイサトさんは、驚くほど神々しく見えた。


――着てるのはナース服だけども。

イサトさんの攻撃により、次々と誘爆を起こして爆発炎上する飛空艇を、先ほどまでそれに乗っていた人々が信じられないといった顔で呆然と見上げている。

勢いを失った飛空艇は、ばらばらと細かく崩れながら地上へと降り注ぐ。

そんな中に、どろりとアメーバのように蠢く黒い影が見えた。

取り付く寄る辺を失い、ひらひらどろどろと風に翻弄されながら落ちてくる。

お前も一人じゃ飛べないのか。

く、と獰猛な笑みに口角が吊り上がる。

手にする武器を、大剣からしゃらんら★へと持ち替えた。

格好はつかないが、まあ、この物体Xを仕留められれば文句はない。

俺は、しゃらんら★を下段に構えてタイミングを見計らう。

そして……、風を孕んで膜のように広がる黒のスライムが、俺に向かって突っ込んできた瞬間。

「……ッ！」

俺は右足から踏み込みながら、左下から右上に向けてしゃらんら★を振り抜いていた。

ぼひゅっと水面を叩いたような感触が手に伝わり、しゃらんら★のクリーミィピンクが漆黒の粘体を突き抜ける。だがまだ終わらない。振り上げた腕を勢いのまま円の軌道で元の位置に戻して再び逆袈裟に斬りあげる。そして二度目の斬撃の終わりで刃先を返して右上から左下への袈裟斬り。

スキルほど派手でもなければ、鎌鼬《かまいたち》が発生するわけでもない、シンプルだが生身でも実践可能な

三連斬。剣道の道場で、居合もやっているという先輩から面白半分に習った「空蟬」という技だ。刃がついていれば、俺の生半可な太刀筋ではうまいこと決まらなかったかもしれないが……しゃらんら★には元より刃はない。ただ、素早く連続で薙ぐための型として使ったがために、かえって上手くいったようだった。

斜めにずぱんずぱんと打ち抜かれ、きりきりと舞った黒スライムは、今度こそ断末魔めいた音を発しながら、ぶわりと霞《かす》むように塵《ちり》と化していく。細かく、細かく砕けて、最後には黒い霞のような粒子となって風に散らされた。後には何も残らない。

……終わった、か？

しゃらんら★を地面について、俺は息をつく。

「手強い敵だった――」

いろんな意味で。

主に俺の絵面的な意味で。

ふっと溜息をつきつつ、俺は額の汗をぬぐう。

飛空艇を一隻丸ごとぶっ壊す、という非常に乱暴な、下手したら犯罪者で、下手したら莫大《ばくだい》な借金を背負わされるかもしれない悪手ではあったかもしれないが、どうにか誰も死なずに解決できた……、と思う。

と、そこへばさりと羽音を響かせてグリフォンが俺の目の前に降り立った。

ちょんと座ったグリフォンの背から、ずずずず、とイサトさんが滑り落ちる。

「イサトさん!?」

まさか援護が及ばず怪我でもさせたか、と慌てて俺はポーションをぶっかけようとインベントリへと手を滑らせかけるものの……ぺたりと地面にへたり込んだイサトさんが、ゆる、と俺を見上げて口を開いた。

「――腰が抜けた」

「今この瞬間俺の腰も砕けかけたわコノヤロウ」

ぐたり、と全体重をしゃらんら★に預ける勢いで脱力する。

この世界で俺が死ぬことがあるとしたら、たぶん心配死だと思う。死因はイサトさんだ。間違いない。

「秋良青年、セントラリアから人が来る前に逃げよう。ここで捕まったら厄介なことになる」

「逃げよう、たってイサトさん立てるのか？　腰、抜けてんだろ？」

「…………」

良いえがおだった。

良いえがおで、イサトさんは俺に向かって手を差し出した。

なんだかちょっと既視感《デジャヴ》。

ああ、そうだ。

最初、この世界に飛ばされてきた時にも、イサトさんはこうやって手を差し出して俺に起こしてくれとせがんだのだ。

「……甘えんな、イサトさん」

あの時と同じ言葉を返しつつ、俺はひょいとイサトさんを引き起こして――

「秋良青年おんぶ」

「いや本当甘えんな？」

全く。困ったイサトさんである。

が、それでも置いて行くなんて選択肢はないので渋々背負う。

のしり、と背中にかかる重みが、驚くほどに軽やかだ。

柔らかな黒革に包まれた脚を両手でそれぞれホールド。直接肌に触れているわけでもないのに、妙にドギマギとした。

その背後で、ひらりとグリフォンがあらぬ方向へと飛び立っていく。

「目くらまし？」

「そう。適当なところまで飛んで帰還するように命じてある」

「なるほど」

あえて地上から見える程度に低空を飛ぶグリフォンの姿に、少し離れたところから歓声のようなものがあがるのが聞こえた。この隙に、俺はイサトさんをかついで逃げれば良いというわけか。

「行け、秋良！」

「イサトさん、俺のこと新手の騎乗モンスターか何かだと思ってるだろ」

「わははは」

半眼で呻きつつ、言われた通りにさっさと走り出す。

別段本気で気を悪くしたわけではないが、良いようにあしらわれっぱなしなのも悔しい。

俺は、イサトさんが逃げられないようにがっちりと腕のホールドを強化した。

たったった、と走りながらさりげなさを装って口火をきる。

「イサトさん」

「ん？」

「胸、当たってる」

「な……ッ!!」

びくッとあからさまにイサトさんが身を引こうとして、後ろにひっくり返りかけた。

見事に予想通りである。

なので、慌てず騒がず、右腕の肘のあたりでイサトさんの腿裏を支えつつ、俺の首元からするっとすっぽ抜けかけたイサトさんの手首を捕らえてぐいと引き戻す。

「えっ、ちょっ、まっ、……えっ」

「ほらほらちゃんと乗ってないと落ちるぞ、イサトさん」

「落とせ、ここはむしろ落とせ！」

「いやいや騎獣たるもの主を落とすわけには」

「ごめん私が悪かった！！！！」

そんな賑やかな会話に口元を緩ませ。

柔らかな体温を背中に感じながら、俺はセントラリアに向かって走るのだった。


イサトさんは反省してください。

おっさんとＪＤの優雅なる休日

「先生、資料整理が終わりません」

「終わるまで頑張ったらクソ高い資料を一冊譲ってやる」

「マジすか」

「マジです」

「頑張ります」

狭く、埃《ほこり》っぽい匂いが立ちこめた小さな研究室で、そんな会話が響いた。

大量の資料が積み上げられたデスクに向かって、本を読みふけっているのはいかにも好々爺《こうこうや》といったような老齢の男性である。

その傍ら、床に直接あぐらをかいて延々とバラけた紙の資料を単元ごとにまとめて綴《と》じる、という作業を繰り広げているのは、こんな薄暗い場所には一見不似合いな少女だった。

ふわりとした癖のあるショートカットは、濃い茶色。素っ頓狂なニコちゃんマークの描かれたシャツに、細いタイ、そしてぶかりと大きなパンツ。足首から覗《のぞ》く靴下は色鮮やかなショッキングピンクのボーダーだ。女性らしい、というよりもどこか未成熟な少年めいたファッションでありながら、アクセントのように塗られた鮮やかな真っ赤な爪がその女性性を主張してマニッシュな魅力を放っている。ピンクのアイシャドウにはラメ交じり、それでいて口紅はほとんど素の色を損なわないほのかなリップ程度。

こんな倉庫の中にいるよりも、原宿や下北沢といったファッション系の街にいる方がよく似合いそうな少女である。

そんな彼女は、教授のぶら下げた餌に釣られて今も黙々と作業を続けている。

世の中はいわゆる花の金曜日、多くの学生が授業が終わるや否や遊びに飛びだしていく中、彼女は一人黙々と教授のゼミ室に籠もって大量の資料と戦っている。

傍から見ると何かの罰ゲームのようにも見えるが、彼女、小森小夜子《こもりさよこ》にとっては十分に趣味の範《はん》疇《ちゅう》である。

このゼミ室に積まれた資料は、小夜子にとっては宝の山に等しいのだ。

さらには、自腹で購入すればとんでもなく高値がつくマニアックな資料本を一冊譲って貰えるなんて餌をぶらさげられれば、ますます張り切るというものだ。

ふんふふーん、と鼻歌交じりに資料を整理して、まとめて、紐で綴じて。

そんな作業をしている中、小夜子のスマホがピロリン、と小さく音をたてた。

「ん？」

誰だろう。

小夜子は首を傾げながら、スマホを取り出して、画面を確認する。

そして、受信したメッセージの内容に思わず口元を笑みに緩めた。

イサト：温泉に行きませんか。

イサト、というのは小夜子がレトロ・クロニクル・ファンタジアと呼ばれるネットゲームの中で知り合った変わり者の友人の名前だ。いや、ちょっといろいろと規格外の相手なので、「友人」といっていいのかどうか、少しだけ躊躇《ためら》いが残るが。

「なんだ、小夜子ちゃん、ついに男が出来たのか」

「出来てませんよ、あたしは研究一筋です」

「男作れよ」

スマホを見て表情を和らげていた小夜子の様子に、なんとはなしに視線を向けた教授が下手しなくてもセクハラかアカハラで訴えられそうなコメントをのたまう。

「先生、資料の整理、来週でもいいっすか？」

「私は別に構わんよ、今までこの状態で放置されてきたんだから」

「それは整理するべきっすよ」

飄々《ひょうひょう》とした教授の言葉に、小夜子は思わず半眼になった。

この小さな部屋の中に無造作に積まれた紙切れには、その道を研究するものにとっては垂涎《すいぜん》ものの文献が平気で混ざりこんでいるのだ。

が、それを整理するのは確かに来週でも遅くはないだろう。

「じゃあ、今日はこれで引き上げますね」

「おう、帰り道気をつけてな」

「はーい」

手早く帰宅の準備を整えて、小夜子はゼミ室を後にすると改めてスマホのメッセージ画面を開いた。そして、現代っ子らしい器用さで、スマホを握った利き手の親指だけでメッセージを作成する。

アルティ：いいっすよ！

イサトとアルティの、無計画な温泉旅行はこうして実行されることになったのだった。

◇　　◇

翌日の、品川駅。

多くの人が行きかう駅構内の片隅で、小夜子とイサト――ゲームの外なので、伊里と言うべきなのかもしれない――は無事に落ち合うことに成功していた。

前日の夕方に発案、という突発的な発案であったもののなんとか都合を擦り合わせることに成功したのだ。と、言ってもその都合の八割以上が、お互いの寝汚さに由来しているものなのだが。

「ちゃんと起きれたあたし偉くないですか」

「寝坊せず迷わずたどり着いた私の方が偉い」

低レベルな主張を挨拶代わりにぶつけあう。

実年齢で考えれば、小夜子と伊里の間には6つという小さくはない年齢の差が存在している。

19歳の現役大学生の小夜子と、25歳で社会人の伊里。

実生活においてはなかなか接点を持ちづらい二人が出会ったのは、リアルから切り離された仮想現実の世界だった。

小夜子はアルティとして。

伊里はイサトとして。

そして、二人はネットを通じて交流を重ねるうちに、いつしかこうしてリアルでも遊ぶような関係になった。

小夜子は、伊里の全身へとちらりと視線を流す。

久しぶりに会う伊里は、やはり同性のアルティから見ても綺麗《きれい》な女性だった。

化粧っ気は薄いものの、顔だちがはっきりしているせいか、地味な印象はない。ぱっちりとした二重を彩る長い睫毛《まつげ》が目元にうっすらと影を落とす様が、どこか夢見るような浮世離れした雰囲気を醸し出している。着ているのは薄手の黒のタートルネックに、足首のあたりまでを覆いそうな枯れ草色のロングスカート。ぱっと見るとシンプルに見えるが、薄手の布で作られたロングスカートは見た目以上にたっぷりと布地を使われており、伊里が動く度にその足元で優雅に閃《ひらめ》いている。裾を縁取るように施された金色の刺繍《ししゅう》が、そんな動きをより映えさせていて、目に楽しい。

「イサトさんって本当化けますよね」

「何がだ」

「こうしてみると女の人にしか見えませんもん」

「まてこら、なんで前提が私が女ではないことになってるんだ」

「イサトさんの本体はおっさんじゃないですか」

「本体言うな本体」

定番めいたやりとりに、伊里が呆《あき》れたように小さく息を吐く。

小夜子がゲーム内で知り合ったイサトは、飄々としたどこか喰《く》えないダークエルフの男性だった。友人が開催した音声チャットで言葉を交わすまで、小夜子は本気でイサトが、そのプレイヤーごと男性なのだと信じていた。

何度もリアルで会った今でも、実際に落ち合うまでは待ち合わせ場所にゲーム内と同じ喰えないダークエルフの青年が姿を現すのではないかと思ってしまう。

まあ、その期待は毎回裏切られるわけなのだが。

「そういうお前の方こそ、毛皮はどうした毛皮は……と思ったけど着てたな」

「着てないっすよ」

「黄色いじゃないか」

「黄色いすけど」

本日、小夜子が着ているのが目にも鮮やかな蛍光イエローのパーカーにジーンズである。ゲーム内で小夜子のアバターであるアルティが着ているビリベアの着ぐるみと色合いが似ていたのと、そういうビビッドな色合いをもともと小夜子が好むもので、ネタとして着てきたのだ。

突っ込んでもらえて何よりである。

小夜子と伊里はそんないつもの会話を繰り広げた後、周囲がちらちらと自分たちへと視線を向けているのに気づいて苦笑しあった。お互い人目を惹《ひ》いているのは相手に違いない、と思っている顔である。実際には、タイプの異なる見目麗しい女性二人組ということで相乗効果だったりするのだが。

「んじゃ、行くとするか」

「はいっ」

一泊二日の二人旅の始まりである。

イサト　@isato_rng

アルティと合流なう。こいつ、リアルでも黄色いぞ。

アルティ　@yellow_bear

イサトさんと合流なう。イサトさんの奢《おご》りで豪遊してきます！

イサト　@isato_rng

@yellow_bear　待て、何の話だ。

リモネ　@limone_lemon
@isato_rng　アルティはリアルでも黄色いのか。

イサト　@isato_rng
@limone_lemon　というか、ナチュラルにビリベアだな。二足歩行する全長1.5ｍ超のクマと電車に乗っている。

リモネ　@limone_lemon
@isato_rng　テラシュールｗｗｗｗｗｗｗｗｗｗｗｗｗ

アルティ　@yellow_bear
@isato_rng @limone_lemon　クマじゃないですし！　うら若きＪＤですし！

イサト　@isato_rng

@yellow_bear @limone_lemon　じゃっかん　どろどろしてる?

伊里と二人並んで電車に乗っていた小夜子は、伊里から返ってきたまさかの切り返しに思わず噴き出した。笑い交じりに、素知らぬ顔でスマホを弄っている伊里を睨《にら》みつける。

「なんすか、若干どろどろしてるって」

「スライム的な何かなんじゃないか？」

「ＪＤっていったら女子大生に決まってるじゃないすかっ」

「若干どろどろした女子大生？　大変だな、半分ぐらい溶けかけてるぞ」

「溶かさないで！」

むぅ、と小夜子は眉間に皺《しわ》を寄せる。

「（Ｊ）女子（Ｄ）大学生」を「（Ｊ）若干（Ｄ）どろどろしてる」にされたことに腹を立てているわけではない。笑わせられたのが、ほんのり悔しいのである。しばし考えた後、そそっとスマホを操ってリベンジ。

アルティ@（J）じゃっかん（D）どろどろしてる　@yellow_bear
こういうことですねわかります。

今度は隣で伊里がぶふッと小さく噴き出した。

「え、それ名乗っちゃうのか、お前」

「名乗りますよもう。若干どろどろしてる黄色いクマの女子大生ですよ」

「設定盛り過ぎだろう」

「イサトさんのせいじゃないすか」

阿呆《あほ》な会話を繰り広げながら、二人の旅は続く。

およそ三時間半ほどかけて、小夜子と伊里は箱根湯本にある旅館に到着していた。

本来なら二時間半でつくはずの道のりだったのだが、乗換駅である新宿駅地下ダンジョンや、駅から旅館までの道のりで迷った結果がこれである。このぷち旅行の企画者は伊里で、旅館を予約したのも伊里であったはずなのに、最終的には小夜子がスマホとにらめっこしながら案内するという有様だった。方向音痴に地図を持たせてはいけない。

◇　◇
◇　◇

「つきましたねー」

「ついたなー」

ふへー、と息をついて、二人で畳に転がる。伊里が今晩の宿にと選んだのは、快適に過ごせる程度には近代化されつつも、昔ながらの情緒も色濃く残る旅館だった。古式ゆかしいように見えつつも、畳に転がると鼻先を掠《かす》めるのはまだ新しいイグサの爽やかな香りだ。

「夕飯は7時からだから、まだ時間はあるな。どうする？　温泉にでも入ってくるか？」

「そうっすねー、ご飯の前にお風呂で汗流しますかー」

二人はごそごそと荷物を整理すると、着替えを用意して温泉へと向かった。

一方その頃。
本人らがいなくなった後のツイッターでは、ちょっとした騒ぎが起きていた。

ハイビスカス　@hibiscus_d
ところで誰も全く気にしてないことを一つ言ってもいいかな。

雛　@not_eatable
@hibiscus_d　ハイビスカスさんどうしました?

ハイビスカス　@hibiscus_d
@not_eatable　おっさんと若干どろどろしてる方じゃないJDが二人きりで一泊旅行ってどーなの?

雛　@not_eatable
@hibiscus_d　!?

ぽんた　@pon_popon
@hibiscus_d　!?

長野@一揆進行中　@aokimura_saikyo
@hibiscus_d　!?

小鳥　@kotori_domo
@hibiscus_d　!?

アキ　@aki_tn
おはよーさん……ってなんかＴＬがエラいことになってるけど、またおっさんなんかやらかした？

小夜子と伊里の知らないところで、地味にツイッターが炎上し始めていた。

◇　◇

そんなことになっているとはつゆ知らず、小夜子と伊里は温泉を堪能していた。この旅館には大浴場もあるのだが、個室にそれぞれ露天風呂がついている。申し訳程度の木の柵の向こうはなだらかな崖になっており、その下には箱根湯本の雄大な景色が広がっている。湯治町として名を馳《は》せたこの地では、今も観光資源として自然を残しているのだ。

「ふあー……、良い景色」

「イサトさん、あの辺紅葉してるみたいですねー」

「おお、本当だ。綺麗だなー。もうちょっと後だと、一面真っ赤だったのかもしれないなあ」

二人、のんびりと眼下の景色を楽しみながら湯に浸かる。

とは言っても、湯の楽しみ方は様々だ。小夜子は肩までしっかり湯に浸かりつつ、浴槽の縁で組んだ腕に顎を乗っけて景色を眺めており、伊里はといえば、湯あたりしやすい体質なのか、浴槽の縁に腰かけて湯には足までしか浸していない。

「イサトさん、風邪ひきません？」

「足湯でも充分あったかいよ。というか、私は肩まで浸かったら五分も立たないうちに茹《ゆ》であがると思う」

時折手で掬《すく》った湯を、ぱしゃりと肩口にかける程度で伊里には充分であるらしい。

身体を隠す白い手ぬぐいが、その度に身体に張り付いては女性らしい身体の凹凸を強調している。

「…………」

「なんだ、どうかしたか？」

「……いや、イサトさんって実は結構胸があるな、と思って」

「実はも何もDカップですから」

「はああああああ!?」

「おいこらなんだその反応」

「いやいやおかしいですって見栄を張るのはよくないですよ」

「見栄じゃねえよ」

「だって！　Dカップって言ったら！　もっとぽよんとしてふわふわしてるもんじゃないんですか!!　絶望した!!」

「勝手に人のカップ数で絶望するんじゃない、この俎板《まないた》絶壁娘!!」

「ひどい!!」

小夜子は、己の真っ平——とはさすがに言い過ぎの感のある胸にそっと手をあてて、かっくりと項垂れる。親しい友人連中にはあるかどうかもわからない胸やら、資源の乏しい胸やら、平たい胸の人、だの好き放題言われている小夜子である。まあ、本人がそれほど気にしていないからこそ、周囲もやいのやいの言えるわけなのだが。

小夜子にとって、胸はあるに越したことはないが、無くてもそんなに困りはしない。どちらかというと小夜子はおっぱいは触る方が楽しいとすら思っている。友人のFカップを触らせて貰った時などは、宇宙の神秘に感じ入ったぐらいだ。自分にないものは他人に求めれば良いのである。無い胸があればある胸あり。世の中はかくして需要と供給が成り立っている。

それに、胸の大きさという価値感においては負け犬たる小夜子であるが、女性の魅力は胸だけで決まるわけではない。胸の膨らみには欠けるものの、小夜子の身体には小夜子の身体なりの良さがあるのだ。すんなりと伸びた長い手足に、きゅっとくびれた腰。長身であるだけにロリコン大歓喜とは言い難いが、どこか青く硬い未成熟の果実めいた甘さを帯びている。そんな、ボーダーライン上にいるような己の身体を、小夜子は悪くないと思っている。

「まあ胸なんてそのうち大きくなりますし」

「希望を捨てないのは大事だと思うぞ、うん。っていうかお前はちゃんとブラのサイズをはかるべき」

「えー……なんか恥ずかしいじゃないすか」

「店員さんに無い胸晒《さら》すのがか」

「それもありますけどっ」

なんとなく、下着に気を遣う、という行為自体に気恥ずかしさを感じてしまう小夜子である。

頬を赤らめ、うー、と唸《うな》った小夜子の様子に、伊里が小さく笑う。

「その気持ちはわからなくもないが、ちゃんと自分にあったサイズのブラつけないと、余計に大きくならんぞ」

「そうなんですか？」

「受け売りの知識だけどな。私もこう、あんまり女子力が高い方ではないので、ブラとパンツは揃《そろ》いじゃなきゃ駄目とかブランドもののブラしか買いません、って感じではないが……適正サイズのブラにすることで、ツーカップ増えたぞ」

「マジすか」

「マジマジ」

言いながら、伊里はたゆん、と湯で張り付いた布の上から自分の胸を持ち上げて見せる。

掌《てのひら》に収まる程度ではありつつも、ずっしり質感のあるやわらかそうな肉に、小夜子はぐぬぬと呻《うめ》いた。小夜子ではとてもじゃないが真似できない。肉が足りない。

「私、ずっとアンダー70のBだったんだが」

「BからDに！」

「すごかろ」

「何やったんすか、揉《も》んだんすか揉まれたんすか！　やだイサトさん破廉恥！」

「正しいブラ買ったって言ってるだろうがコラ、無い胸無理矢理揉みたくるぞ」

「出来るものなら！」

「よっしゃ言ったな、胸を出せ胸を」

「ぎゃー、やめて寄せて集めてどうする気!?」

ばっしゃんばっしゃん。

賑《にぎ》やかな声と共に派手な水飛沫が散る。

十分ほどお湯の掛け合いが続いた後、両者湯あたりで互いにＫＯ。

ぜいはあと力尽きつつ元の位置に戻る。

「で、どうやったら胸増えたんすか……」

「だから正しいブラを買ったっつってんだろ……」

「ブラ買っただけで増えるとかおかしいじゃないすか！　なんすか！　錬金術すか！」

「あのな……、所詮胸も脂肪なんだ。ちゃんとサイズのあったブラをしてないと、肉はたるんで流れる」

「どきぃ！」

「そう」

ちらり、と伊里は小夜子のウェストへと手を伸ばす。

「本来胸につくはずだった肉が、可哀想にこんなところで……」

「憐《あわ》れみの目で見ないで！　心から労《いたわ》るような手つきで撫《な》でないで！」

小夜子の哀しい訴えに、伊里はククと喉で笑いつつ手を引いた。

「私の場合、自分で思ってたよりもアンダーが細くて、アンダー70じゃなかったんだ。アンダーを65にしたらワンカップ増えてCカップになってな」

「ほう」

「で、そうしてるうちにCがキツくなってDに。とは言っても、アンダーが65なので、見た目そんなに胸があるようには見えないけどな」

「なるほどー」

確かに、普段普通に服を着ていると、伊里はそれほど胸があるようには見えない。

「あれですな、脱いだら凄いんです的な」

「そこまで大したものでもないけどなー」

「まあ、あるだけいいじゃないすか」

「お前にそう言われると余計に悲しいものがある」

「うっさいですよ」

「とにかく、今度ちゃんと測りに行こうじゃないか。なんだったら私が良い店紹介して可愛いブラ買ってやるから。パンツもセットになってるヤツ」

「まじすか！」

嬉《うれ》しそうに声を弾ませた小夜子に、伊里はにんまりと双眸《そうぼう》を細めて口角を吊《つ》り上げた。

「超ぶりぶりでレースとかフリルとかついた凄いのを買ってやる」

「うえええええええ」

「パンツは紐《ひも》パンな」

「!!」

賑やかな下着談義は、その後二人が茹だるまで賑やかに続くことになった。

◇　　◇

温泉からあがって。

浴衣に着替えた二人は、涼しい夜気にあたりつつ、畳の上に転がっていた。

おそらくそろそろ夕食の準備をするために仲居がやってきてもおかしくない時間だ。そうわかってはいるものの、温泉で体力を消費しすぎてなかなか身体を起こす気になれない。

「あー……、畳がひやっこくて気持ちい」

「ほんとですねー……」

ぺたあ、と二人は畳に貼りつくようにして全身を弛緩《しかん》させている。

そんな中、のろりと小夜子は旅館について以来触っていなかったスマホを手にとり、何気なくツイッターの画面を開いた。

「…………」

「……どうかしたか？」

微妙そうな顔で、小夜子は無言で伊里へとスマホを差し出した。

◇　　◇

アキ　@aki_tn
@isato_rng　通報した。

ハイビスカス　@hibiscus_d
@isato_rng　通報した。

リモネ　@limone_lemon
@isato_rng　通報した。

雛　@not_eatable
@isato_rng　通報した。

ぽんた　@pon_popon
@isato_rng　通報した。

長野@一揆進行中　@aokimura_saikyo
@isato_rng　通報した。

小鳥　@kotori_domo
@isato_rng　通報した。

◇　◇

「うわあ」

スマホの画面がびっちりと「通報した。」という一文で埋まっている。これはひどい。

思わず遠い目をしている伊里の隣で、小夜子はそそっとスマホを操作してツイッターへと書き込む。

アルティ@（J）じゃっかん（D）どろどろしてる　@yellow_bear
@isato_rng　通報した。

「お前も混ざるのかよ！」

伊里のツッコミに、小夜子はけらけらと楽しげに笑う。

「いや、面白そうなことには乗っておかないと損かなーって」

「くっそ、お前らのノリの良さが憎い。これ、私が女だと知らない人から見たらカオスだぞ」

「あー……、アキさんとか知らないんですっけ」

「そうそう、アキ青年は知らないな。彼は私のことを本当に男だと思っているらしい」

「なるほどー。それならフォローしといた方がいいです？　このままだとおっさん性犯罪者っすよ」

「大丈夫。自分でフォロー入れとく」

そう言って、伊里が自分のスマホを操り、何事かをツイッターに書き込む。

その内容を小夜子が確認するより先に、襖《ふすま》の向こうから仲居の声が響いた。

「御夕食の支度に参りました。入ってもよろしいでしょうか」

「あ、どうぞ！」

二人して居住まいをただし、仲居を部屋へと招きいれる。

入ってきた仲居は、てきぱきとテーブルの上に膳を並べていく。季節の根菜と地元産の国産牛を盛り合わせた鍋に、刺身の盛り合わせ、てんぷら、お漬物、澄ましに煮物等の小鉢がいくつかと、デザートにはわらび餅。仲居が鍋の下に火をいれると、くつくつと鍋が煮える音が響きだし、出汁《だし》の良い香りがふわりと広がった。

「なんか……あたしが思ってた以上に豪華なんですけど」

「……ようやく締切を乗り越えたので、美味しいものが食べたかったんだ」

このプチ旅行は、どうやら伊里にとってはセルフご褒美的なものであったらしい。

想像をはるかに超えて豪華な食事も、それなら納得がいく。

「美味しそうっすねー」

「本当にな」

「御馳走様っす」

「だからなんで私が奢ることになってるんだ」

きらきらした瞳で膳を眺めつつ、無邪気に小突きあう伊里と小夜子の様子に仲居が微笑ましげに小さく笑う。

「お二人は仲がよろしいですね。御姉妹ですか？」

「え？」

「へ？」

伊里と小夜子がお互いに驚いたように顔を見合わせる。

どう答えたものか、と迷う数瞬。

リアルとは切り離された、ネット上で出会った二人。

お互いの本名すら、実は知らない。

でも。それでも。

裸の付き合いを経て、こうして同じ釜の飯を喰い、一宿を共にしようとしているのだから。

きっと。

「友達です」

「友達っす」

二人の声が、ほがらかに重なった。


ちなみに。

伊里が書き込んだ内容により、その後あらぬ噂《うわさ》をたてられた小夜子が「おっさんぶちころ」と呟《つぶや》くのは明日以降のこととなる。

◇　◇

イサト　@isato_rng

何か誤解が生じているようだが、普通の女子大生が俺と二人で温泉一泊旅行なんて行くわけないだろう。いいか、アルティは男の娘だ。

END

あとがき

はじめまして、山田まると申します。

この度は「おっさんがびじょ。」を手に取っていただき、まことにありがとうございます。

もしこの本を読んで、楽しんでいただけたのならまる冥利に尽きます。

……そして、この三行であとがきでみなさんにお伝えしたいことが終了してしまったという事実。

編集の稲垣さんより、「今回あとがきは4ページあります」と言われた段階で若干嫌な予感がしていましたが、見事なまでに書くことがありません。ちなみに4ページと聞いた瞬間、「やばい」という顔をしたまるに向かって、稲垣さんは「6ページでも大丈夫ですよ！」と軽やかな追撃をしてくださいました。いや、毎回言われた文字数をオーバーしがちなまるであるので、きっとまるの「やばい」という顔を、「あ、またページが足りないんだな」と気を遣ってくださったのはわかっているのですが。さてどうしよう。追い詰められしまる。

………うんうん悩んでみましたが、せっかくなので、まるがこの「おっさんがびじょ。」という話を書くきっかけについてを書いてみたいと思います。

ずばり、一言で言うと現実逃避でした。

まるは、仕事でライターをしているのですが。ライターという仕事は、自分の中にある物語を文字で紡ぐというよりも、クライアントの頭の中にある物語を、様々な指定から読み取って形にしていく作業です。それがもう、びっくりするほどうまくいっていなかったのです。何度書いても、何を書いても、ボツ。来る日も来る日も駄目出しばかりで、もうまるは死にそうでした。

まるは基本的にはどうしようもないポジティブシンキングなので、普段はそういう時でも、「まだこのクライアントの求めるものが摑めていないだけ」「もしくは作風の相性がとことん悪いだけ」という風に考えるようにしているのですが、あまりにも長いことスランプが続いてしまっていたため、次第にもう「これだけ駄目出しをされるなんて、相性の問題ではなくまるの力量に問題がある」という風に思い始めていました。

そんな時に、ふと思ったのです。

なら、「まるが書きたいものを書きたいように書いたもの」が本当に駄目なのか試してみればいいじゃないか、と。

ネタも自由です。書き方も自由です。「誰かが形にしたい物語」ではなく、「まるが書きたい物語」。

そんなコンセプトで書き始めたのが、この「おっさんがびじょ。」という作品でした。

だからこそ、秋良青年やイサトさんも、人助けのためではなく、自分がしたいことを貫く「わるもの」を主張しているのかもしれません。

ありがたいことに、そんな物語にも読んでくださり、感想を下さる方がいらっしゃいました。

それがどれほどまるの心を温めてくれたことか。

ああ書いていて良かったなあ、まるは書いていても良いんだなあ、こんな風に楽しんでくださる方がいるのなら、まるはこれからも楽しんで書いていけるなあ、としみじみ思いました。

そして運命の八月末。

夏も終わりに近いある日の午後、一通のメールをまるは受け取りました。それは「小説家になろう」の運営様からのメールで、その内容は「おっさんがびじょ。」を書籍化したいというお話をまるに伝えてくれるものでした。最初は謎の人間不信ぷりを見せつけ、「どうせまたまるを騙すんでしょう! 上げて落とす罠なんでしょう! 知ってますし! 期待なんかしませんしぃぃい!!」と身構えていたまるですが、最初にお話を聞いてから二か月ぐらいして、二回の改稿作業を経て表紙のラフをいただいたあたりで、ようやく「どうやらまるの本が出るっぽい」と実感が湧いてきました。そうぽつりと漏らしたまるに、友人連中は「まるさんどれだけ人間不信なの」と可哀想なイキモノを見る目でまるを見ていましたが。

そんな紆余曲折はありつつ、挿絵を描いていただいた藤田さんや、その他多くの方のお力添えもあって、こうして一冊の本として完成することが出来ました。

「まるが楽しむために書いていた物語」に、いろんな人が関わり、応援していただいたおかげで、「楽しさを分かち合える物語」になりました。

まるは、それがとても嬉しくて嬉しくて仕方ありません。

これまでＷＥＢ版を応援してくれた方、感想を残してくれた方、個人的にまるの書く文章を好きだと言ってずっと追いかけてくれている方々。本当にありがとうございます。そういった声に支えられて、まるは今日も何かしらを書いています。

秋良青年とイサトさんの物語は、まだまだ始まったばかりです。

この二人が、二人らしくやりたいことをやりたいようにやって、その結果として世界を救ってみんなが笑顔でいられるようにしてくれたら良いな、と思いつつ。まるも、楽しみながら書きたいものを書きたいように書いて、多くの方とその楽しさを共有できたら嬉しいです。

最後に、今回このようなチャンスを下さったアース・スターノベル様、何もわからない上に謎の人間不信っぷりを発症しているまるに丁寧に付き合ってくださった編集の稲垣さん、そして素敵なイラストを付けてくださった藤田さんに心からの感謝を贈りたいと思います。

そして、まるが学生の頃やってたサイトからずっと応援してくださっている方々、いつの間にかリアルでもかけがえのない友人となったフォロワーの方々、なんだかんだ言いつつ自由奔放に生きるまるを容認し応援してくれた家族、「小説家になろう」で読んで応援してくださった方々に最大の感謝を！

これからも、よろしくお願い致します！

冬の東京の片隅で震えながら　山田まる

イラストレーターあとがき

『びじょがおっさん。』でなくて良かった。
ぺんぺん
イラスト担当しました。
フジです。
このデコボココンビが好きです。
む
イサトさん&秋良さん。

天然で、何を考えているか判らなくて、
日々街に出ては無銭飲食をして暮らす
黒髪の美少女パエリア。
彼女は、
究極で最強の
大魔王だった!?
藤孝剛志
Tsuyoshi Fujitaka
イラスト・瑚澄遊智
Yuuchi Kosumi
大魔王が倒せない
Nobody beat DAIMAOH!
1 大魔王対大魔導師

美少女大魔王の華麗な戦いと
ユーモラスな日常が始まる！
藤孝ワールドの原点が、
華麗なる絵師・瑚澄遊智との
コンビで書籍化。
web連載版から大幅に加筆し、
ぶっちぎり最強の大魔王コメディがついに登場！

おちこぼれ魔法使いが研究の果てに作り上げたのは
チートで最高なスライム少女だった。
彼女の存在がきっかけとなり、妖精や精霊や黄金竜
とも大トラブルに!?
スライムを愛する魔法使いが、仲間を得て新たな世
界へと歩み出す！
100万人が楽しんだ
人気作が、
大幅な加筆・改稿と
新規書き下ろし
中編を加え
待望の書籍化。

スライムなダンジョンから
天下をとろうと思う。
Magi, and
his Slime's
Dungeon
再藤……Saitou
イラスト・椎名優……You Shiina

EARTH STAR NOVEL

おっさんがびじょ。1 “わるもの”を始めよう！

発行 ―――― 2015年1月15日　初版第1刷発行

著者 ―――― 山田まる

イラストレーター ―――― 藤田 香

装丁デザイン ―――― 百足屋ユウコ（ムシカゴグラフィクス）

発行者 ―――― 幕内和博

編集 ―――― 稲垣高広

発行所 ―――― 株式会社 アース・スター エンターテイメント
〒150-0036　東京都渋谷区南平台町 16-17
渋谷ガーデンタワー 11F
TEL：03-5457-1471
FAX：03-5457-1473
http://www.es-novel.jp/

発売所 ―――― 株式会社 泰文堂
〒108-0075　東京都港区港南 2-16-8
ストーリア品川 17F
TEL：03-6712-0333

印刷・製本 ―――― 株式会社 光邦

ISBN 978-4-8030-0660-5